해방자들

해방자들

고은지 장편소설
장한라 옮김

엘리

The Liberators

현실적이면서도 존재하지 않는 경계들을 위해

차례

I

보이지 않는 선들

1980~1983

1

요한
1980년, 대전

나는 어릴 적부터 여섯 가지 언어를 읽고 쓸 수 있었다. 붓이건 잔가지건 뭉뚝한 내 손가락이건, 도구를 찾아내서 그걸로 기름종이나 흙이나 공기 중에 글자를 썼다. 선 하나가 다른 선에 닿을 때면 심장이 손끝에 연결되며 의미를 전해주었다. 다섯 살 때는 온 동네에 말을 남기고 다니는 게 재미있었다. 나무에는 나무라고 새겼다. 강에는 자갈로 강이라 썼다. 어머니 원피스에는 잉크로 원피스라고 칠했다. 어느 순간 어머니는 나를 내려놓았고 다시는 안아주지 않았다. 어머니 무덤에다 나는 무덤이라 썼다. 일제강점기가 끝났을 때 나는 고작 어린아이였다. 말이 없으면 살 수 없기라도 한 것처럼, 마치 내가 말로만 이뤄지기라도 한 것처럼 말들을 썼다. 돌, 식물, 동물, 인간, 신을 나눴다. 잡초 한 줌을 관찰한 다음 거울에 비친 내 모습을 보며 식물과 인간의 차이점을 살폈다. 둘 사이에는 중간 지점, 그러니까 동물이 있었다. 인간과 신 사이에는 무엇이 있는지 물었지만 무덤은 아무 말이 없었다. 나라가 전리품처럼 나뉘는 모습을 보았다. 열다섯 살이 되었을 때, 나는 공공 기물 파손 행위로 끌려가 군대로 보내졌다. 군화에는 군화라고 이름표를 붙이고 총에는 총이라고 이름표를 붙였다. 나뭇가지로 불이라고 쓴 다음에 불을 붙였다. 수류탄이라 쓰고는 고리를 뽑았다. 몸이 갈기갈기 찢긴 전우들로 가득 찬 중환자 텐트 한쪽에다 마지막으로 쓴 말은, 피 덕분에 쓸 수 있었던 말은 이것이었다. 죽음, 죽음, 죽음.

군대에서 몇 년을 지내니 침묵이 나를 채웠다. 나는 군소리 없이 빠르게 임무를 수행했다. 찢어지고 딱딱해진 침상에서 잽싸게 튀어나와 수염이 돋아난 채로 갈증에 시달리며 기어다니며 수색과 구조 작업을 수행했다. 개들을 묶어뒀다. 밧줄을 풀었다. 시체를 태웠다. 연료 탱크에 쓸 송진을 모았다. 드릴로 구멍을 뚫었다. 소총으로 민달팽이를 찔러댔다. 어느 날, 나보다 나이 많은 신병들이 나를 샤워장으로 데려가 매무새를 다듬게 했다. 외국 고관을 지켰다며 훈장을 두 개 받았다. 스물네 살에 직급이 낮은 감사관으로 물러나고 싶다고 이야기하자 상관과 부대는 충격에 빠졌다. 내가 내린 결정에 다들 어안이 벙벙하기는 했지만, 방에 그득한 사람들과 악수를 하고 후임에게 내 군복과 금이 가고 더러워진 쌍안경과 손으로 직접 만 담배 한 통을 넘겨주고 나서, 나는 대전에 있는 근무지에 제일 어린 상급자로 발령을 받았다. 이런 자리라면 누구도 나를 다시는 부르지 않을 것이라 생각했다.

　말로 가득 찬 소년으로 머물러 있었더라면 내가 어떤 놀라운 일들을 해냈을지, 아니면 외국 고관들이 바다를 건너와 내가 가을, 겨울, 봄, 여름 내내 얼마나 읽고 쓰는지를 과연 볼 수 있었을지, 그런 건 한 번도 묻지 않았다. 방 밖에서 어머니가 저 애는 쉬어야 하니 깨우지 말라고 손님들에게 이야기하고, 또 나는 슬며시 미소를 짓다가 다시 이불 속으로 파고들어가는 모습을 떠올렸다. 항복하기 전에 어머니가 돌아가신 것이 아쉽지는 않았다. 어머니는 생전에 전쟁을 보실 일이 없었으니까. 말을 쓰는 대신, 그러니까 출근길에 눈이 오나 비가 오나 꽃이 피나 해가 내리쬐나 말을 적는 대신, 연애 기술을 늘려갔다. 쉽지는 않았지만 연애의 근본을 이해하게 되었다. 연애는 무언가가 본래 모습과 달라지도록 힘쓰는 일이었다. 나는 본성을 떨쳐냈다. 그렇게 결혼을 하고 딸을 낳았다. 아내를 사랑하도록 내 구조를 바꿨다. 동물에서 사람 꼴을 갖췄다. 신은 인간이 동물이 되기를, 심지어는 식물이 되기를 의도했다. 발뒤꿈치에 짓이겨지거나 동맥류 때문에 해코지를 입기 쉬운 것들로 말이다. 오직 삶만이 이를 바꿀 수 있었다. 땅에 박힌 바위를 아내로 대신했고, 그다음에는 아내를 지표면에 놓인 묘비와 맞바꿨다.

*

　40대 중반이던 1980년 어느 날 아침, 전화기를 들어 직원에게 연락을 했다. 스물세 살인 딸아이는 또래 가운데 비길 만한 상대가 없는 보기 드문 아이였고, 우리 직원에게는 항공기를 만들고 싶어 하는 아들이 둘 있었다. 그 아들들은 냅킨에다 비행기를 스케치했다. 항공 엔지니어들로 이뤄진 완벽한 다기 세트였다. 나는 세상을 떠난 아내가 쓰던 1층 손님방에서 전화를 걸었다. 창밖으로는 현관으로 이어지는 계단이 보였다. 키 큰 철문이 바람에 흔들렸다. 키 작은 덤불에 피어나는 꽃처럼 안개를 따라 양지니들이 이끌려 왔다. 그 울음소리를 빗소리로 착각했다. 뉴스에서는 위협적인 이야기들이 스멀스멀 고개를 들었다. 북한에서 파뒀다는 땅굴 이야기를 하고 있었다. 몇 년 전, 수도에서 50킬로미터도 채 떨어지지 않은 곳에서 세 번째 땅굴이 발견되었다. 땅굴은 우리 사이에 간첩이 숨어 있을지도 모른다는 두려움에 부채질을 했다. 미군이 기지와 기지촌을 떠났다가 파이프오르간 같은 기차 경적이 울리는 소리와 함께 나타났다. 전쟁이 끝난 뒤로는 제법 큰 규모였다.

　직원이 미소를 지으며 답하는 게 목소리에서 느껴졌다. 그는 우리 딸이 미인이라면서, 심장마비로 돌아가신 사모님을 쏙 빼닮았다고 했다. 동맥류였다고 했더니, 직원은 그게 그거 아니냐고 되물었다. 물론 내 기분을 상하게 하려는 뜻은 없었다는 건 잘 안다. 그는 딸을 결혼시켜서 내보내고 다른 여자를 집에 들이고 싶은 건 당연한 거라고 말했다. 나도 곧 여자 친구를 사귀고 싶어 할 거라면서. 그 말에 담긴 뜻을 눈치챌 즈음에는 이미 어색할 만큼 침묵이 흐르고 있었다. 할 말을 조심스럽게 골랐다. "과부 사정은 홀아비가 아는 법이구면." 직원은 딸이랑 단둘이 지내니 외롭겠다며 맞장구를 쳤다. 미국인들처럼 제일 관심이 가는 일을 하라고 부추기기도 했다. 그래서 직원의 막내아들을 소개해달라고 부탁했다. 직원은 아내가 허락 안 할 거라고 대꾸했다. 내가 재혼하기는 아직 너무 이르다고 생각한다나. 그러고는 시위대와 북한 간첩 이야기로 말을 돌렸다. 전화를 끊고 나니 기운이 빠져 손을 떼고 싶어졌다. 하지만 세상을 뜬 아내 남조는 우리 삶을 바꾸는 건 단 한 사람일 수도 있다고 말했다. 그렇다면 그 사람도 우리를 찾고 있지 않을까?

딸 방은 비어 있었다. 식탁에 밥그릇과 국그릇이 죽은 아내가 바느질해 만든 레이스 덮개 아래 창백한 달처럼 덩그러니 떠 있었다. 전화번호부를 뒤져 중매쟁이 연락처를 찾았다. 중매쟁이라면 개의치 않고 다리를 놓아줄 거다. 그게 일이니까. 그렇지만 중매쟁이도 투덜거리기는 마찬가지였다. 결혼하려는 남자들이야 문밖에 줄을 섰지만, 전부 병적으로 의심이 많다고 했다. 나라가 평화롭지 못한 마당이니 집에서 평화를 찾는 것 말고 뭘 할 수 있겠는가? 아내 문제에 대해선 다들 이해해주겠지만, 그래도 나는 이 집에서 나가는 편이 나았다. 사위가 소름이

돈아 부엌에 들어가지도 못할 테니까. "슬픔에 빠진 여자가 있는 집은 절대 집이라고 할 수가 없어요"라고 중매쟁이는 말했다. 그날 오후, 몸이 좋지 않아 차를 마시려고 물을 끓였다. 대체 왜 우리를 저녁 식사 자리에 초대하고 나를 슬쩍 불러내서, 내가 좋은 가정을 꾸릴 수 있을 것 같다고 말해줄 수는 없는 거지? 내 선택 때문에 생겨난 문제야 미뤄둘 수 있었다. 그렇지만 남조는 우리 딸을 위해서라도 집을 잘 지켜달라고 부탁했었다. 서랍은 칼을 감추고 있었다. 수챗구멍에는 머리카락이 넘쳤다. 라일락 나무줄기가 드리운 그림자는 방을 가로질러서는 예의 바르게도 뒤편에 있는 문까지 닫아줄 것 같았다. 빛이 쭉 드리우면 바닥 먼지가 풀풀 날리는 모습이 훤히 보였다. 남조는 늘 초록색 옷을 입어서, 아내가 맨 리본은 돌돌 말린 잎사귀 끄트머리 같았는데. 그런 추억들이 떠올랐다. 그때 가스레인지에서 날카로운 소리가 들렸다.

*

통금 시간이 두 시간쯤 지났다. 소리라도 들으려고 텔레비전을 켰다. 죽은 아내의 목소리를 떨쳐내기에는 역부족이었다.

"인숙이가 어떻게 반 아이들하고 선생님 앞에서 얼굴을 들 수 있겠어요?"

그야 나는 모를 일이었다. 그래서 텔레비전 소리를 키웠다.

뉴스는 검열을 받고 있었다. 시민들이 일으킨 소란에 관한 성명서만 나왔다. 시위대는 인숙 또래 같았다.

"우리는 모두 한집에서 자라고 죽었어요. 당연한 일이죠. 누군가 꽥꽥거릴 때마다 집을 새로 살 수는 없는 노릇이잖아요."

사람들과 동떨어진 곳에 있는 새집을 산다면 아내가 좋아했을 텐데. 텔레비전 화면에 직원네 막내아들이 보였다. 목에 학생증을 걸고 있었다.

"내가 죽었으니까 사람들이 그런 식으로 얘기하는 거예요. 요한, 당신이 죽으면 사람들은 당신한테 했던 나쁜 말들을 기억도 못 할 거라고요."

학생 시위대가 줄을 맞춰 섰다.

"저 불쌍한 애들한테 왜 겁을 주는 거죠?"

남조는 아무리 안절부절못할 때도 언제나 올곧게 서 있었다. 양손으로는 원피스 솔기를 따라가며 쓸곤 했다.

"저 애들, 꼭 인숙이 같지 않아요?"

여단이 소총을 들었다. 나는 저들이 고요하게 조준을 하기 전 미세하게 움찔거린 것을 알아볼 수 있었다.

"요한."

저들이 너무나 굳건하게 버티고 서 있어서 설령 집어 올린다 하더라도 계속 똑같은 자세로 버틸 것만 같았다. 살갗과 군복에서는 분명 연기 냄새가 풍길 터였다. 헬멧에서 반사되는 빛이 군화에서도 반사되었다. 손가락이 방아쇠에 걸렸다. 모든 무게와 힘을 턱에 모은 채, 얼굴에는 아무런 표정도 떠오르지 않았다. 학생들을 향해 총알이 들어찬 탄약통을 비워대는 군인들의 눈이 커졌다.

"요한!"

저 틈에 있는 직원의 막내아들은 체포되었는지 죽었는지 그 어떤 기록도 남지 않을 것이다. 그 어떤 의미도.

"요한, 가요!"

어쩌면 하늘을 쳐다보며 빨랫줄에 걸린 옷처럼 몸을 떨었을 때 이런 진실을 깨달았는지도 모른다.

*

큰길에서 한 시간 동안 서성거렸다. 고개를 뒤로 돌리고 오가는 사람들을 쳐다봤다. 쿠데타 이후 계엄령이 강화되어 젖은 종이를 적시는 잉크처럼 퍼져나갔다. 유혈 사태가 일어났고 대학교는 폐쇄되었으며 사람들이 무더기로 잡혀갔다. 저들은 계엄령을 폐지하라는 시위를 간첩이 선동한 거라고 선을 그었다. 국군은 시위의 중심인 남부 도시 광주를 시작으로 나라를 되찾겠답시고 진압 작전을 시작했고, 미국은 전쟁 때 써먹을 근육을 움직이려고 예행연습 삼아 외교 능력을 발휘해 군대를 지원했다. 전투기가 배치되었다. 버스에 최루탄을 쐈고, 문 앞에서는 경찰 곤봉이 대기하고 있었다. 트럭에는 앰프를 설치했고, 가발

가게는 텅텅 비었으며, 손수레에 시체가 실렸다. 우리는 한국인을 죽여대는 20세기의 새로운 전통에 합세했다. 마치 우리처럼 할 수 있는 자들은 어디에도 없다고 말하려는 듯.

실 한 가닥 때문에 비단 태피스트리가 우르르 풀려나가듯, 언젠가 어린 딸아이 위로 책장이 넘어졌던 일이 하필 지금 떠올랐다. 내가 막으러 나섰지만 묵직한 책들이 이미 쏟아지고 있었는데, 아내는 딸 위로 몸을 던졌다. 아내처럼 행동할 생각은 하지도 못했다. 그게 우리 둘의 다른 점이었다. 어쩌면 아내와 함께 땅의 습성을 몸에 익혔어야 했으려나. 그녀가 모든 걸 제자리로 돌려놓고 나면 우리는 나눌 말이 전혀 없을지도 모르겠다. 아내는 우리가 등을 돌리고 서로를 적이라 불렀을 때, 마치 실 한 가닥 때문에 비단 태피스트리가 풀려나가듯 벌어진 일을 이야기하고는 했다. 무엇을 저버려가며 우리의 일부를 잃어버렸는지 말이다. 마치 사람이 더는 스스로를 혐오하지 않을 수 있다는 이유로 제 형제를 죽이는 식이었다. 둘로 쪼개진 나라가 아직도 나라라고 생각하는지 남조에게 묻고 싶었다. 간첩이 없었다면 더 끔찍했을지도 모른다. 아무도 없고 우리뿐이었다면 말이다.

*

축축한 밤의 그물망을 빠져나와 근처 술집에서 인숙을 기다렸다. 공간은 L자 모양으로 구부러졌고 벽 한쪽에는 대학생들이 쓰는 사물함이 줄지어 있었다. 건물 바깥에서 자라는 나무는 가지가 굵었다. 얼마나 오래된 술집인지 알 수 있었다. 나는 언덕 위 우리 집으로 이어지는 일방통행 도로가 보이는 창가에 자리를 잡았다.

팔에 책 몇 권을 낀 젊은 남자가 들어왔다. 나도 본 적이 있는 책이었다. 우리 딸도 가지고 있었으니까. 남자는 딸 또래였다.

젊은 남자는 꼭 대나무 장대처럼 키가 크고 호리호리했다. 집안 형편이 좋지 않은 게 분명했다. 그 사실을 눈치챈 사람은 별로 없을 것이다. 옷차림이 단정했고 여유로워 보이는 인상이라, 바르게 자란 아이 같았으니까. 그렇지만 가죽 신발 위쪽에 잡힌 희미한 주름이 눈에 띄었다. 못해도 두 치수는 큰 것 같았다.

남자는 나와 한 자리 떨어진 창가에 앉았다.

예상한 대로 남자는 마실 것을 주문하지 않았다. 공짜로 주는 튀밥만 한 움큼 쥐어 들었다. 술집 주인은 단골손님에게나 주는 거라고 투덜거리며 튀밥을 냅킨에 담아 내주었다.

이제 내 관심은 눈앞에 놓인 맥주잔이 아니라 저 젊은 남자에게로 향했다. 남자는 내가 자기를 쳐다본다는 걸 알아챌 수밖에 없었다.

남자는 계속 거리를 응시했다. "뭐 필요한 거 있으세요?"

"아뇨. 아닙니다, 젊은이."

젊은 남자는 마음만 먹는다면 순식간에 무시무시한 사람으로 돌변할 수 있을 것이다. 남자 형제만 있는 집에서 자랐을 것 같은 사람이었다. 남자의 온몸에 둘러쳐진 팽팽한 저지선이 느껴졌다. 나와 말을 섞고 싶지 않은 게 분명했지만, 그래도 멈출 수가 없었다. "여자를 기다리는 모양이네요. 나라가 박살이 난 마당에."

"그냥 친구예요." 젊은 남자는 계속 앞을 응시했다. "송구스럽지만, 어르신 같은 사람들 때문에 나라가 박살이 난 거고요." 질책이었다.

"친구가 여자인 모양이군요." 나는 잠시 남자를 지켜보다가 말을 이었다. "친구가 저 길로 내려옵니까?"

젊은 남자는 나를 쳐다봤다가 다시 길로 눈을 돌렸다.

남자가 우리 딸을 기다린다는 게 이제 확실해졌다. 우리 집은 저 길 끝에 있었으니까. 그렇지만 젊은 남자는 내가 딸의 아버지라는 사실은 모르는 것 같았다.

"시위대는 아니죠?" 내가 말했다.

젊은 남자는 손에 느껴지는 뼈를 어루만지며 불안함을 감추려 했다. "경찰은 시위대를 죽일 거고, 동네 사람들은 시위대를 묻겠죠." 남자는 발을 테이블 아래 선반에 올려놓고는 말을 마저 끝맺었다. "국가는 기념비나 세워준 다음에 나라의 역사와 함께 우리 기억까지 지워버릴 거예요."

"땅굴이 걱정 안 됩니까?"

"땅굴은 간첩이 우리 속에 파고든 것처럼 보이게 만들려는 수작이에요. 우리 스스로를 결백하게 만들 수만 있다면야 어떤 행동이든 괜찮다고 정당화하는 거죠."

"그렇다면 당신 친구는 무슨 역할을 맡고 있나요?"

젊은 남자의 경계심이 풀리는 것 같았다. "그녀에게는 이래라 저래라 시킬 수가 없어요." 그러니까 남자는 사랑에 빠진 셈이었다.

가까이서 살펴보니 젊은 남자는 내 생각보다 아둔했다. 그나마 자세 때문에 차분해 보였지만. "얼추 나이가 그 근처인 것 같은데. 군대는 다녀왔습니까?"

"아뇨. 벌써 군대에 간 친구들은 있지만요."

"아, 그럼 친구들이 텔레비전에 나오는 시위대를 진압하려나요?"

"그 친구들은 퇴각 명령을 기다리고 있어요."

"나도 전투화를 몇 년 신었는데 말이죠." 나는 튀밥 한 알을 빼앗아 입안에 털어넣었다. "문제는 군대를 마칠 때까지 여자 친구가 기다려주지 않는다는 거요. 다들 겪는 일이죠. 당신은 군대에 가고, 복무를 마친 나이 많은 놈들이 당신 여자 친구랑 같은 학년으로 돌아온다는 얘기요. 이제 그놈들을 오빠라고 부르겠지만요. 복무를 마친 다음에 사귀는 게 나아요. 좀 더 어린 여자라면 그렇게 오랫동안 떠나 있다고 화를 내지도 않을 거고, 군대 얘기를 좋아할 수도 있겠죠."

훈련 중 방해물 코스를 돌 때 나는 좁은 관에 들어갈 수가 없었다. 대학 시절 내내 술을 마셔댔으니 말이다. 그 벌로 칫솔로 창고에 있는 소변기를 닦아야 했다. 그래도 참호를 파는 것보다는 쉬웠다. 그땐 삽 말고 숟가락을 주었으니까.

"나는 집에 있는 숟가락을 다 없앴어요. 아무도 숟가락을 못 쓰죠. 젓가락만 쓰고. 국을 먹을 때는 국그릇을 들어서 입을 대고 먹고요."

"칫솔은요?"

나는 씩 웃었다. "자, 내 거 마셔요."

남자는 사양하고는 내 시선을 따라 길을 쳐다보았다. 우리 위로 드리운 나뭇잎에서 부드러운 빛이 쏟아져 내렸다.

"그 친구는 동기들보다 조금 나이가 많아요. 어머니가 돌아가셔서 학교를 잠깐 쉬었거든요." 젊은 남자는 궁금한 게 생긴 기색이었다. "선생님 사모님께서도 기다려주셨나요?"

예상치 못한 질문이었다.

"기다리기는 했죠. 그렇지만 그건 아내가 완고한 사람이라서였어요. 아내는 항상 이런 말을 했죠. '이가 없으면 잇몸으로.' 사실 잇몸이 없어도 턱뼈를 쓸 사람이긴 했는데." 우리는 그 모습을 떠올리며 웃음을 터뜨렸다.

젊은 남자는 냅킨에 무언가를 적었다. 그러고는 내게 건네주었다. 나이 많은 사람에게 직접 말하기에는 예의가 없을 것 같아 적었다고 덧붙였다. 나는 검은 줄을 물끄러미 바라보았다. 잉크를 손으로 만져보았다. "댁이 쓴 걸 보니, 한자가 다르게 보이네요."

젊은 남자가 미안하다고 했다.

"독학을 한 거라 엉망으로 쓴 것처럼 보일 때가 있더라고요. 그래도 맞는 글자이기는 해요. 한자는 엄밀하죠. 그래도 한국어는 훌륭합니다."

그의 손글씨를 보니 오랫동안 떠올리지 않았던 글자가 생각났다. 강가에서 돌멩이로 글씨를 쓰던 소년이 되어 따라 적는 것을 멈출 수가 없었다. 구름 속에서 어머니의 모습을, 다시는 알아보지 못할 것만 같던 천사를 발견했던 그 소년이 되어.

냅킨에는 착할 선 자와 사람 인 자가 적혀 있었다.

미처 답을 하기도 전, 창문 앞쪽 길에 딸아이가 모습을 드러냈다. 통금을 내걸어가며 협박을 했어도 천천히 고르게 걷는 발걸음은 달라지지 않았다. 딸은 우리 둘 앞에서 멈춰 섰다.

이제 젊은 남자가 놀랄 차례였다.

남자는 새로운 사실을 깨닫고는 딸과 나를 번갈아 쳐다보았다. 앞서 낯선 사람과 같이 앉아 있을 때는 느슨하게 풀어두었던 고삐를 이제는 꽉 움켜쥐는 것 같았다. 남자는 처음으로 내게 인사를 하면서 고개를 숙였다.

*

집으로 돌아와서도 젊은 남자는 나를 못 알아봤다며 연신 사과했다. 보통 때는 소파에 앉지만, 오늘은 딸아이 맞은편에 놓인 방석 위에 앉았다. 젊은 남자는 문 쪽에 놓인 방석에 무릎을 꿇고 앉았다.

"너 혼자서 살 수는 없다." 나는 인숙에게 말했다.

딸의 눈빛이 방 안 불빛만큼 환해졌다. "널 두고는 못 간다. 특히 지금은."

아내가 세상을 뜨고, 인숙은 나 스스로 내 목을 향해 겨눴던 심판의 칼날로부터 나를 풀어주었다. 그렇지만 딸이 나를 생각해준다는 사실이 더 미안했다. 내 딸이 나를 경멸한대도 할 말이 없었건만. 문은 아직도 인숙이 흘린 눈물로 번들거렸고, 그 눈물이 남긴 어두운 발자국이 돌계단을 뒤덮고 있었으니 말이다. 계단 아래에서는 검은 띠를 드리운 어머니의 사진이 딸을 맞이했다.

"네 남편감을 찾아줄 셈이야." 이어지는 말은 젊은 남자더러 들으라고 하는 소리였다. "인숙이 네 선 자리를 몇 개 마련해뒀다."

딸은 얼굴이 벌게진 젊은 남자를 가리켰다.

마치 딸이 나를 도와주는 것 같았다. "저 사람이 너랑 정확히 무슨 사이냐?"

"저이는 저를 위해서라면 뭐든 다 해요."

"죄송합니다." 젊은 남자가 말했다.

"그래. 눈이 선하구나." 나는 딸에게 말했다.

인숙은 무릎을 꿇고 젊은 남자를 가까이 끌어당겼다. 남자의 셔츠는 땀으로 흠뻑 젖어 있었다.

"저희 결혼할 거예요." 인숙이 말했다.

"어르신, 뭐라 말씀을 드려야 할지 모르겠습니다."

"네가 좋다면야." 내가 딸에게 말했다.

인숙은 고개를 끄덕였다. "그러면 오늘 밤에 결혼하면 되겠네요."

"오늘 밤에? 결혼을?" 남자가 물었다.

나는 인숙을 쳐다보았다. "진심이니?"

"좋은 술잔이랑 나무통에서 숙성한 소주를 가지고 올게요."

인숙은 소주와 술잔을 챙겨와서는 잔을 채웠다.

우리는 저마다 잔을 하나씩 잡고 들어 올렸다. 인숙은 그날 밤에 술병을 다 비우자고 했다. 이렇게 축하하고 있자니 인숙의 어머니가 떠올랐다.

"그래, 자네는 이름이 뭔가?"

인숙이 느릿하게 말했다. "성호예요. 성, 호."

벽 질감이 마치 냅킨처럼 부드러워 보였다. 쿠션은 모란 무늬였다. 내 손에는 모세혈관이 도드라졌다. 계단 아래에서 남조가 살짝 미소를 짓고 있다는 걸 처음 깨달았다. 한 남자가 고인이 된 아내와 대화를 나눈다는 건 특권이었다. "성호 군. 백지장도 맞들면 낫다고 했네." 내가 말했다. 땅굴을 파고 지하로 내려가 영원한 어둠 속에서 살고 싶은 충동이 이해가 갔다. 숨고 싶기도 하고 들키고 싶기도 한 어린애들이 노는 것처럼. 땅굴로 들어가는 건 언젠가 발견되기 위해서다. 간첩이 되는 건 언젠가 발각되기 위해서다. 죽음의 문턱에 있을 때는 죽은 이조차 살아 있는 듯한 느낌을 받을 수 있었다.

2

성호
1980년, 대전

성호는 인숙이 아버지 말고는 다른 남자들과 닿아본 적이 없다는 걸 잘 알고 있었다. 대학교 1학년 때, 그녀는 성호에게 남자가 앉았던 의자에 곧바로 앉으면 임신이 되는 줄 알았다고 이야기했다. 남아 있는 온기는 음란한 것이라고 믿었다는 것이다. 인숙의 어머니는 사람 손길의 그림자도 조심해야 한다고 주의를 주었다. 인숙은 자기 물건들은 따로 챙기고 짐도 스스로 들고 다녔으며, 학교가 끝나고 오면 바지를 갈아입었고 가족이 아닌 남자들과는 악수도 하지 않았다. 땅바닥이 아니면 앉는 법도 없었다. 물건을 통해 누군가와 접촉하거나 몸의 온기를 느끼는 일은 곧 뭐라 말할 수 없는 본질을 다른 사람과 나누는 일이었다. 일단 손길을 한 번 타면 몸의 어느 곳에든 닿을 수가 있었다. 그렇지만 밤이면 그를 떠올린다고 고백했을 때 그녀에게서 느껴지던 관능적인 본성만큼은 의심의 여지가 없었다. 몇 년 동안 그를 피해 다니며 느꼈을 기쁨을 부인할 수는 없었으리라. 그렇게 강가를 따라 걸으며 두 사람의 팔이 스칠 때면 전율이 흘렀다.

이제 4학년이 되어 성호와 결혼하기로 한 인숙은 바로 그 강둑에서 성호의 발치에 드러누워 있었다. 돌 같은 빛이 모든 걸 회색빛으로 만들었다. 성호의 손가락이 잔디 틈에 자리를 잡았다.

인숙은 시위에 동참하자고 말했다. "뭐라도 해야 해."

군사정권과 독재자의 시대에, 납치와 고문의 시대에, 그녀의 수줍음은 얼마나 부지불식간에 잊혔는지. 스물세 살인 성호는 국가에 관해서라면 허무주의자였지만 사랑에 관해서라면 실용주의자였다. 인숙은 전국적으로 열리는 행진에 참여하길 원했다. 위로 치켜든 손이 그려진 전단지를 그에게 보여주었다. 성호는 그 전단을 인쇄한 사람이 중환자실에 도착하기도 전에 죽었다고 말했다.

"기력 낭비야. 그 불쌍한 놈은 다시는 그림을 그릴 수 없게 되었다니까. 너도 장부에 적힌 숫자 취급이나 받을걸. 양쪽 어디에서든."

그녀가 다리 너머로 주의를 돌렸다. "체포당하면 나를 여자교도소에 집어넣겠지. 드디어 딱 살기 좋은 곳을 얻겠네."

"농담하지 마. 혐의를 날조하겠지. 여공들한테 했던 것처럼. 관을 열어서 아버지한테 신원을 확인하게 한 다음 나무값을 내라고 할 거라고."

"왜 시위에 안 나가려는 거야?"

"인숙아, 제발 좀."

"그 투표 결과를 너는 믿을 수 있어? 항복하고 나서 이 나라 사람 절반이 미국보다 일본이 낫다고 했다는데."

"그럼 사람들이 미군이 통치하는 걸 어떻게 생각할 줄 알았는데?" 성호는 독립에 관한 이야기라면 더 이상 믿지 않았다. "이제는 미국 사람들이 사장이잖아. 민주주의를 위해서 행진한다고? 일본이 있을 때도 똑같았어. 땅에 시체가 줄줄이 쌓이기 전까지는 아무것도 달라지지 않아. 네가 경찰한테 살해를 당해도 차마 애국가를 틀 수 없다는 사실을 깨닫고 공직자들이 아무 소리도 못 내게 되기 전에는, 아무것도 달라지지 않아."

"너는 나보다 아는 게 많잖아. 너는 거기에 나가야 한다고."

"우리 가족이 가난하니까?"

"아니. 네가 말도 못 하게 똑똑하니까."

성호는 제 입술이 그녀의 귀를 건드릴 정도로 다가갔다가, 똑똑해지는 데는 아무런 기술도 필요 없다고 말했다. 그녀를 꼬집을 때 난 조그만 소리에 성호는 자신이 여전히 그녀에게 애정을 구하려 한다는 사실을 깨달았다.

성호가 말했다. "나는 우리 부모님이 일본 사람들을 정말 오랫동안 증오했다는 걸, 그리고 그렇게 증오해야 한다는 사실을 증오하기 시작했다는 걸 잘 알아. 증오를 품으면 네가 변해. 지금 네가 그 사람들을 증오하는 건, 네 증오를 모두 고스란히 돌려받으려는 거야. 네가 품은 증오여도 그 증오는 더 이상 네 것이 아니니까."

"꼭 미국 사람들이 더 낫다는 소리 같네."

성호는 씩 웃으며 물에다 돌을 던졌다. 물의 흐름은 바뀌어도 강바닥은 그대로였다. 강바닥이 아주 조금이라도 바뀌려면 시간이 흘러야 한다고 그는 말했다.

"아무튼, 살아갈 수밖에는 없으니까." 성호가 말했다.

그녀가 듣는 기미는 전혀 보이지 않았고, 성호는 말을 이어갔다. "나는 아직 한 번도 삼겹살을 먹어본 적이 없어."

인숙이 그를 물끄러미 쳐다보았다. "삼겹살도 안 먹어보고 죽을 수야 없지."

성호는 웃었다. 그녀가 다시 자신에게 관심을 기울이는 게 느껴졌다.

"그렇지? 달리 수가 없다니까."

"생일에 밥 사줄게."

"5월이야. 며칠 남았어."

그녀가 황급히 손으로 입을 가렸다. "나보다 어리네. 너, 나한테 누나라고 해야겠다."

성호가 구시렁거렸다. "우리 결혼할 거잖아. 결혼하고 나면 상관도 없다고."

"당황하셨네. 내 생일은 4월이야."

"겨우 한 달 빠른 거야?"

"구닥다리처럼 굴기는. 한 달이면 평생이나 마찬가지거든."

날개 없는 매미가 길게 자란 풀 위에서 잠을 자고 있었다. 인숙에게서는 성호가 몇 시간 동안 천천히 껍질을 벗겨낼 수도 있을 법한 달콤한 과일 향이 났다. 머잖아 성호는 인숙과 남이 아니게 된다. 가장 가까운 협력자이자, 자기 아버지보다도 우선하는 사람이 될 것이다. 컵과 그릇에는 나눠 먹는 맛이 깃들 것이다. 책은 둘의 지문을 함께 품을 것이다. 시위 얘기를 하면서 그녀는 성호를 생각했을까? 이제 막 성인영화를 볼 수나 있게 되었을까 싶은 사람들이 정부 건물과 병원에 시체가 되어 줄지어 엎어져 있는 와중에, 그녀를 시위에 보낼 생각은 결코 없었다. "성호야, 누나가 삼겹살 사줄게." 인숙이 말했다. 나라가 무른 땅 위에 서서 큰 도약을 준비하는 시기였으나, 성호는 마음이 편안했다.

*

어두워지자 두 사람은 맥박 치는 강물 곁에서 사랑을 나눴다. 그녀는 그의 귀 옆에서 숨을 내뱉었다. 둘 중 누구도 이전에 들어본 적 없는 숨소리였다. 마치 꽃들이 들판에서 숨을 내쉬고 고개를 까닥거리고 바람과 나뭇잎을 이끄는 것 같았다. 느낌이 달라지자 그는 자연스레 그녀를 가까이 끌어당겨 목 위에다 양손을 얹고, 엄지는 꽃봉오리 같은 아랫입술에 올려놓은 다음 그녀가 입을 벌릴 때까지 가만히 놓아두었다. 토끼털처럼 빗어 둔 또 다른 구름 아래서 선명히 빛나던 어느 형광빛을 내뿜는 순간 그녀를 끌어안으며 얼굴과 가슴에 지문을 떨구자 또 다른 전율이 찾아왔다. 그녀의 눈은 동물처럼 야성적이었고, 숨결은 촉촉하고 따스했으며, 손바닥은 새의 날개처럼 그의 몸을 위아 래로 가볍게 오갔다. 성호는 밀려오는 감정에 눈을 질끈 감고 그녀를 꽉 붙잡고는 아래로 밀쳤다. 그녀의 청바지를 끌어내리 자 눈앞에 살갗이 드러났다. 사랑을 나누는 일은 유일하게 익사 할 염려 없는 강에 빠져드는 일이있다. 밤의 몸 아래에서 풀잎 들이 쉬는 모양새를 갖추었다.

*

이튿날 저녁, 성호는 강가에서 기다렸다. 물 밑에 있는 바위 들은 수면에 검은 자국을 남겼다. 성호의 생일에 인숙은 골목에 있는 삼겹살집에서 고기를 사주겠다고 했다. 성호는 자기가 사 고 싶은 마음에 처음에는 거절했다. 그렇지만 대학을 졸업하고 일을 구하기 전까지 밥을 사는 건 어려웠다. 그녀는 돈 때문에 유난 떨 것 없다고 했다. 어떻게 시위에도 안 나가고 고깃집도 안 갈 수 있는 거냐며. 성호가 내세우던 이유들은 첨벙이는 물 방울처럼 떨어져 내렸다. 말싸움을 하고 싶지는 않았기에, 성호 는 그냥 같이 가자고 말했다.

성호는 언덕 아래에 있는 술집에서 영업시간이 끝날 때까지 기다렸다.

통금 시간이 지나고도 기다렸다. 그녀의 집으로 찾아갔지만, 불은 꺼져 있었다.

아침이 찾아왔고, 일찍 일어났다. 잠결에 도서관이 떠올랐다.

도서관에는 아무도 없었다.

성호는 인숙의 집 대문 앞에 주저앉았다. 오늘 밤에도 인숙이 나타나지 않으면, 시외버스를 타고 그녀를 찾으러 나설 셈이었다.

연철 대문부터 높은 쌍여닫이문까지 돌계단이 늘어선 2층짜리 벽돌집 앞에서 성호 같은 남자가 앉아서 기다리는 이유야 지나는 사람들 눈에도 빤했다. 안쪽에는 서양식 식탁이 있었다. 의자 높이는 35센티미터 정도였다. 앉았을 때 발에서 엉덩이, 그리고 심장에서 머리로 이어지는 길이와 똑같았다. 영화에 나오는 것 같은 둥그런 변기가 있었다. 가죽 소파와 쿠션이 있었다. 장식장에는 청자 화병이 놓여 있었다. 침실 하나가 성호가 세 들어 사는 반지하방만 했다. 술집에서 인숙의 아버지에게 무어라 했는지 기억이 나질 않았고, 그녀의 아버지가 딸을 생각하는 마음에 성호에 대한 생각을 바꾸고야 말까 봐 겁이 났다.

자정이 지나고, 인숙이 길에 나타났다.

가벼운 파자마 차림으로 휘청거리며 걷고 있었다. 걷는 걸 힘들어하는 게 눈에 보였다.

"세상에." 성호는 인숙을 집으로 데리고 갔다.

그는 소파에 인숙을 내려놓고 바닥에 앉았다. 인숙의 아버지가 있었다면 그녀와 집에 있는 동안 성호가 소파에 앉게 두지 않았을 것이다.

그녀의 발을 살펴보니 뼈가 부러진 곳은 없었다. 그렇지만 왼쪽 발에 깊은 상처가 나 있었다. 베인 곳이 훤히 드러나 악취를 풍겼다. 성호는 상처를 천으로 꾹 눌렀다. "어쩌다 이렇게 됐어?"

"아버지 때문에. 집에 안 오셨어."

성호는 상처를 씻어냈다. "니도 아버님이랑 똑같구나. 무모해. 이런 때에 다치면 안 된다고. 병원에서 안 받아줄 거란 말이야."

"아버지는 항상 집으로 오시는데."

성호는 인숙이 무사히 돌아와 안도한 마음을 애써 감췄다. "또 모르잖아, 출장 가셨을 수도 있어. 생각보다 길어졌나 봐."

"아니야. 그러면 얘기하셨을 거야."

"남쪽으로 가신 거 아닐까? 뒤쪽에 병이 가득 찬 창고 있잖아. 시장이 문 닫기 전에 채워두려고 가셨을지도 몰라."

"아무도 아버지를 못 봤대."

인숙의 아버지가 돌아오지 않으면 어떤 이들은 의심할지도 몰랐다. 절박한 시대였다. 돈이 필요했을 거라고들 말할 터였다. 모두가 지나치게 의심이 많았다. 돌다리도 두들겨보고 건너야 했다. "요즘에는 사람들이 이유 없이 사라지기도 하잖아."

"무슨 소리야?"

성호의 눈길이 인숙의 발 위로 떨어졌다. "아버님께서 무슨 일을 하고 계신지는 모르겠지만, 느낌이 안 좋아."

인숙은 아버지가 근처에 있다는 느낌이 든다고 했다.

성호는 부엌에서 물이 담긴 대야, 연고, 반창고를 가져왔다. 쭈그리고 앉아 그녀를 치료했다. "그럼 나한테 제일 먼저 왔어야지."

끔찍한 일들이 아무 이유 없이 일어나고는 했다. 아침이 밝아올 때는 아주 멀쩡했다가도, 달이 뜰 때쯤에는 몸을 부드럽게 감싸는 관 속에 누워 있을 수도 있었다.

"너를 잘 아니까." 그러고는 인숙은 소파에서 몸을 일으켰다. "성호 너는 아무도 신경 안 쓰잖아."

그녀의 표정에 성호는 활시위를 벗어난 활에라도 맞은 것처럼 처음으로 충격을 받았다. 그녀의 눈빛은 악의 없이 무구했지만, 성호는 거기서 분명한 위협을 읽어낼 수가 있었다. 지금까지 성호에게 한 번도 한 적 없는 말이었다. 두려워하던 일이 벌어질 수도 있으며, 상쾌하고도 밝은 자신들의 관계가 한순간에 시들어버릴 수 있다는 사실을 두 사람은 막 깨달은 것이다. 만약 그녀의 아버지가 죽은 채로 발견된다면, 자기가 살아 있다는 사실이 성호에게는 끔찍한 일이 되리라. 꼭 성호가 그녀의 아버지를 직접 죽이기라도 한 것 같을 테니까. 성호가 말했다. "내가 가서 찾아볼게. 아버님을 모시고 돌아온 다음에 같이 맛있는 거

먹으러 가자." 그녀의 눈이 다시 초승달 모양으로 돌아왔다.

*

아버지가 자기를 두고 떠났을 때 성호는 열한 살이었다.

성호는 1968년 3월을 아버지 제하의 작업용 장화가 오솔길을 지나가고 노 같은 아버지의 팔이 들판 너머로 그들을 실어 나르던 모습으로 기억했다. 마치 장마철에 더 이상 버티지 못하고 금이 가는 지붕처럼 묵직한 아버지에 대한 기억을 느끼고 싶어질 때면, 성호는 그날을 다시 떠올렸다.

두 사람은 대전을 떠나 3킬로미터를 걸었다.

그다음 5킬로미터는, 아버지가 성호를 어깨 위에 올려 목말을 태우고 걸었다.

성호는 땅 위로 둥둥 떠다니는 자기 발에 넋이 나가던 남자아이였다. 풀은 성호의 부모만큼 키가 컸다. 그의 머리 위에서는 손가락이 집으로 돌아가는 쪽으로 그림자를 드리웠다. 아버지의 어깨 위에 걸터앉은 성호는 그 어느 때보다도 몸이 가벼웠다. 고속도로와 황야, 풀밭과 철길을 보았다. 성호는 아버지의 조용한 성품을 쏙 빼닮았고, 아버지의 눈으로 풍경을 바라보았다. 아버지는 서른셋이었다.

땅거미가 내리고, 철로에 놓인 마지막 침목을 마주쳤다.

저쪽 언덕 아래로 곳곳에 건물들이 보였다.

그의 아버지는 다른 건물들과 동떨어진 작달막한 건물을 가리켰다.

건물 앞쪽이 주황색으로 칠해져 있었다. 언덕에서 내려오면서 봤더라면 지붕을 보고 한때는 초록색 건물이었다는 걸 알 수 있었을 것이다. 깨진 유리창 틈을 덤불이 메웠다.

아버지는 건물 바깥에 성호를 앉혔다.

"이게 내가 세상에서 제일 좋아하는 거란다." 아버지는 건물 바깥을 어루만졌다.

건물 잔해 속에서 하얀 뼈가 빛나고 있었다.

성호는 실망스러운 기색을 내비쳤다. "겨우 2층짜리잖아요." 아버지가 일을 구하던 건설 현장에서 더 근사한 것들을 봐왔던 터였다.

"나를 부르는 소리가 들리는구나. 전생에 함께였던 거야. 어쩌면 내가 이런 건물이었을 수도 있고 말이다." 성호 눈에는 석괴가 보였지만, 아버지의 눈에는 중력과 싸움을 벌이고 있는 세계가 보였다.

성호도 소박함을 어느 정도는 이해할 수 있었다. "얼마나 오래된 거예요?" 짙은 회색으로 짜인 건물 안에 마른 잎이 가라앉았다.

"아버지가 태어나기도 전에 지어졌어. 저기 새로 지은 건물들 때문에 언덕이 기우뚱한 거 보이니? 저렇게 빨리 올리려고 만든 건물들은 그만큼 빨리 무너져 내리지. 이제 이런 건물은

짓지 않아. 이게 마지막인 거지."

성호는 이 건물이 무엇에 쓰였는지 물었다.

"온갖 일에 다 쓰였어. 여행객들도 묵고. 음악이랑 무용수들로 가득했지. 한때는 사람들이 기도하러 찾기도 했고. 이제는 이 건물이 여기 있다는 걸 기억하는 사람들을 위한 곳이 되었다만."

성호가 깨진 유리를 건드렸다.

"건물 꼭대기가 약해. 꼭대기 층에 하중이 많이 실렸거든. 그래서 창문이 제일 먼저 나간 거야. 창문은 그 건물의 눈이지."

성호는 건물에는 눈이 안 달려 있다고 말했다.

아버지가 성호 너한테는 눈이 있는 게 확실하냐고 물었다. 무언가를 보는 방법은 여러 가지가 있는데, 제일 중요한 방법은 눈을 쓰지 않고 보는 거라면서 말이다.

아버지는 사물에게 말을 걸곤 했다. 사물들이 지닌 무게를 온전히 느끼고자 자기 몸은 스프링처럼 가볍게 유지했다. 아버지가 말했다. "건물이 사라지면 말이야, 너는 슬플 것 같니?"

성호는 깜짝 놀란 티를 내지 않으려 했다. "제가 왜요?"

"만약에 슬퍼지거들랑, 이리로 들어가려무나." 아버지는 성호의 가슴팍에 손바닥을 얹었다.

그는 아버지의 손을 밀쳤다. "어딜 가라고요?"

"안에 갈 곳이 있잖니."

"없는데요."

"그걸 어떻게 알아?"

"당연히 알죠. 저보다 잘 아는 사람이 어디 있다고요."

"내가 너한테 이 건물을 주면 어떻겠니?"

성호가 중얼거렸다. "어떨 때는 아버지가 이해가 안 가요."

"눈을 감아봐라."

"네."

"두 팔은 내밀고."

"네."

"건물을 집는 거야."

"네."

"이제 가슴속에다 집어넣어."

성호는 주먹으로 가슴을 쿵쿵 치며 꼼지락거렸다.

아버지가 말했다. "아버지를 보렴. 뭐가 좀 달라진 것 같니?"

성호는 키가 커진 기분이라고 했다.

"뭔가 잘 안 풀릴 때면, 이곳으로 가면 된다."

성호의 아버지는 불을 피웠다. 그렇지만 비가 왔는지 아닌지는 기억나지 않았다. 오징어인지 신발끈인지를 질겅거렸는지, 불꽃 앞에서 아버지의 모습이 한층 더 환해 보였는지, 두 사람의 몸이 흙에다 자국을 남겼는지, 바람이 옷깃을 꽉 여미게 하고는 길과 들판 너머 그리고 또다시 빽빽한 삶 속으로 두 사람을 끌고 갔는지, 아버지가 터뜨리는 웃음 속에 앞으로 일어날 일에 관한 염려가 깃들어 있었는지, 기억나지 않았다.

두 사람은 이튿날 반지하 셋방으로 돌아왔다.

성호가 철문에 선 어머니에게 달려갔다.

어머니는 치마폭으로 대구를 받아내듯 성호를 공중에서 끌어안았다.

셔츠가 머리 위로 올라가고 바지는 몸통에 얽혀서, 성호는 곧 속옷 바람이 되었다. "강 건너까지 헤엄쳤어요."

"그 멀리까지 갔던 거야?" 어머니가 말했다.

"강을 두 개 건넜어요. 그런 다음 철로가 끝나는 곳까지 갔고요."

아버지는 환히 빛나는 얼굴로 성호 뒤에 서 있었다. "너 때문에 어머니가 겁을 먹잖니."

어머니가 안으로 들어가라고 했지만 성호는 싫다고 버텼다.

"너는 들어가거라." 아버지까지 그렇게 말했다.

성호는 부엌으로 들어가서는 문 바로 뒤에서 기다렸다.

아버지가 어머니에게 다가서는 모습이 보였다. 서로를 껴안으려는 것 같았으나, 두 사람은 그 전에 멈춰 섰다.

"그래도 성호 챙길 생각을 하긴 하네." 어머니가 말했다.

"다시 데려왔잖아." 아버지가 말했다.

"그야 그렇겠지. 당신이 성호를 돌볼 수는 없으니까."

성호는 문설주에 기대어 쭈그려 앉았다.

"당신은 항상 그러잖아. 매번 떠나버리지." 어머니의 얼굴이 쌀뜨물처럼 창백했다. "이번에는 돌아오지 마. 이제 당신이 돌아올 곳은 없어."

아버지는 성호 앞에서 문을 닫았다.

문이 다시 열렸다. 어머니는 성호를 그대로 지나쳤고 아버지는 성호를 쳐다보지 않았다. 성호는 부엌에 서서 큰길 북쪽 비탈을 올라가는 아버지를 지켜보았다. 꼭대기에 이르자, 아버지가 몸을 돌려 손을 흔들었다. 성호는 아버지가 자신이 따라가서는 안 되는 어딘가로 간다는 걸 알 수 있었다. 아버지는 보폭이 컸고 등이 좁았다. 아버지 뒤로는 그림자가 숄처럼 매달려서 길 너머 더 깊숙한 곳으로 아버지를 접어 넣다가, 가느다란 선이 되어 사라졌다. 여름의 첫날 밤, 성호는 혼자서 그 건물을 다시 찾았고 꼭대기 층에 올라가 콘크리트 바닥에 누워서 아버지가 없는 인생의 새로운 계절을 시작하려 했다.

*

모두가 잠에서 깨지 않은 새벽녘, 성호는 실종자 신고를 하러 경찰서로 갔다. 시위 중에 실종되었는지는 확실치 않다 보니 망설여지긴 했다. 군부는 통행금지 시간 이후에 자취를 감추는 걸 빨갱이 활동과 엮고는 했으니까. 인숙의 아버지가 정말로 집에 안 계신 거라면, 밖으로 나가 시위를 조직하거나 산에 있는 빨치산들을 돕고 있을지도 몰랐다. 그래도 어쨌든 성호는 경찰서에 가서 실종 신고를 했다. 마지막으로 목격되었을 때 인숙의 아버지는 옅은 파란색 셔츠 차림이었다. 이발소에서 손질한 것처럼 옆머리를 고운 배추같이 훤칠하니 짧게 친 채였다.

경찰서에 있던 사복 차림의 경찰들은 자세도 구부정했고 어깨도 잔뜩 굽어 있었다. 모두 색이 다른 나팔바지를 입었다. 경찰들은 성호에게 보상금을 내걸어보라고 했다.

"그 남자, 아마 낚시꾼일걸." 초록색 바지를 입은 경찰이 성호에게 말했다.

"그렇지만 물가는 바로 저긴데요." 보라색 바지 차림의 경찰이 대답했다.

"그 말이 아니지, 멍청한 자식아. 여자를 낚으러 간 거라고."

"아, 낚시나 가고 싶네요."

빨간 바지를 입은 경찰이 쩌렁쩌렁하게 떠들었다. "뭔 낚싯대로 여자를 낚으려고?"

성호는 숨을 멈췄다. "형사님……"

빨간 바지가 말했다. "그러면 도박장이나 살펴보라고. 항상 열려 있으니까. 자네 엄마 다리처럼 말이야." 경찰들이 웃음을 터뜨렸다.

초록 바지가 성호에게 말했다. "응급실에 가보든가."

"응급실 침대에 못 누울 정도로 고귀한 분은 없거든." 빨간 바지가 말했다.

보라색 바지가 성호를 달랬다. "걱정 마시죠. 잘 있을 겁니다. 미국 사람들은 게으르고, 한국 사람들은 요즘 사람 죽이기가 어려우니까요."

　성호는 아무런 답도 듣지 못하고 경찰서를 나섰다. 자신들의 생각을 밝히지도 않았고 어디를 갔었는지도 말해주지 않았다. 성호가 답을 얻지 못할수록 얼토당토않은 곳들을 살펴보게 되는 것도 이상한 일은 아니었다. 모두 신중하게 살펴야 하는 건물이나 풍경 같은 곳들이었다. 동산에는 저마다 보는 눈이 있었다. 연기가 줄줄이 피어올랐다. 문상객들이 시위대에 합류했다. 대퇴골에 그을음을 묻힌 어머니, 아버지, 할머니, 할아버지 들이 많았다. 그들은 훨씬 더 큰 전쟁이라는 숲속에서 어느 누구도 기억하지 못하는 전쟁의 나뭇가지를 딛고 서 있었다. 무언가가 뒤통수를 후려치는 듯한 느낌에, 성호는 인숙의 집으로 내달리기 시작했다. 누구도 가장 내밀한 도덕을 위해 싸우고 있다고 확신하지 못했다. 등잔 밑이 가장 어두운 법이었다. 삶에서 빠르게 도망칠 수가 없었다. 성호는 철문을 닫듯 눈을 감았다.

3

교도관
1980년, 대전 교도소

'언제까지나 자유롭게'라는 뜻의 베르디의 〈셈프레 리베라 *Sempre Libera*〉가 중앙 수감동에 울려 퍼졌지만, 이탈리아어를 알아듣는 건 교도관뿐이었다. 그는 조용히 입을 달싹이며 "폴리에 Follie, 조이르*gioir*"라고 중얼거렸다. 광기, 희열. 스물한 살 나이에 독재 정권의 교도소장을 맡고 자기보다 나이가 배는 더 많은 교도관들의 상관이 된 그는 교도관이라고만 불렸다. 그는 오후에 자신이 맡게 된, 발부터 거꾸로 매달아둔 죄수 옆에 섰다. 밤이 상상 이상으로 추웠기에, 교도관은 수감자의 양말을 고쳐 신겼다. 중앙 교도소에 있는 미국인들이 보낸, 공산당원을 알아내는 법을 담은 보고서를 읽었다. 교도관은 설명을 읽으며 칼로 수감자의 목을 그었다. 신중한 절차의 마지막 단계였다. 몸에서 피가 포도주처럼 뿜어져나왔다. 그는 교도소 뒤쪽 수돗가에서 손을 씻다가, 다른 교도관이 옅은 파란색 셔츠를 입은 50대 남자를 끌고 오는 걸 보았다. 남자는 낮에 볼 수 있는 공산주의자의 모습에 딱 들어맞았다. 지나치게 열정이 넘치고 자유주의적인 교수…… 트위드 재킷…… 자기 정체성을 숨기는 동성애자…… 외국에서 유학했거나 해외여행을 자주 가는 사람…… 명문가 출신…… 중국 전문가…… 교육을 잘 받은 외국인.

겉모습을 보니 남자는 공산주의자, 아니면 하다못해 북한에 우호적인 감정을 품고 있는 사람 같았다. 남자는 유창한 영어로 미군들과 이야기를 나누었다. 모임에 잠입한 북한 간첩에게 쥐락펴락당하는 노동조합의 일원일 수도 있고, 미국 영주권을 가지고 있지만 반미 인사들에 대한 동조 혐의를 사서 남한으로 추방된 한국계 미국인일 수도 있었다. 그런 경우라면 엄벌이 따랐다. 교도관의 명령에 따라 일하는 사람들은 그가 지닌 고문 지식에 겁을 먹었다. 교도관은 스스로를 수감자로, 수감자를 베는 칼날로, 그 칼을 쥔 손으로, 칼이 지나는 자리를 따라 남는 침묵의 모습으로 상상해볼 수 있었다. 이 남자도 다른 사람들처럼 처벌받을 것이다. 미군들과 한국 교도관들은 교도소 뒤편에 트위드 재킷을 수북이 쌓는 값진 현장 경험이 늘어가고 있었다.

교도관은 남자를 중앙 수감동으로 데려갔다. 수감자들을 콘크리트 벽에 묶은 채 줄지어 늘어세워둔, 천장이 낮은 곳이었다. 수감자들끼리는 서로를 마주 보고 있었고, 옆에는 교도관 세 명이 지키고 있었다. 식사 시간이 되면 교도관들은 수감자들이 살아 있는지 확인했다. 수감자들은 혹시나 음식을 더 받을 수 있을까 싶어, 밤이 되면 죽은 사람 몸을 일으켜 세웠다. 어떤 수감자들은 제주도에서 배를 타고 왔고, 대전이나 산에서 온 사람들도 있었다. 교도관은 수감자들이 진심이라는 걸 부정하지는 않았다. 언제나 "우리를 풀어줘요, 풀어달라고요" 하는 말뿐이었지만, 베르디는 자유란 모호하다고 여기고 그 대신 아무런 속셈도 없이 사랑에 관한 노래를 썼다. "아모르 에 팔피토 델루니베르소 인테로, 미스테리오소, 알테로, 크로체 에 델리치아 알 코르……" 사랑은 우주를 울리는 심장 소리, 신비롭고, 변화무쌍하며, 내 마음을 고통스럽고 기쁘게 하는 것. 수감자들과 그 사람들이 지닌 문제는 쉽게 알아볼 수 있었다. 계획대로 고문이 끝나갈 때면 수감자들은 자유를 찾지 않았기 때문이다. 그들은 다정함을, 사랑을 갈구했다.

남자는 음식에 손을 대지 않았고, 그래서 다른 수감자들이 달려들었다. 제일 나이 많은 교도관이 제자리를 벗어났다며 손에다 총을 쐈다.

교도관은 총알을 낭비했다고 그를 꾸짖었다.

식사 시간이 끝나고, 교도관은 남자를 사무실 책상 맞은편에 앉혔다. "정보원들 얘기로는 당신이 대전 교도소로 이송될 거라고 하던데요. 그건 좀 아니지요. 인숙이라는 딸이랑 같이 동네에 살고 있다면서요. 당신, 이 동네 주민이죠. 공로 훈장도 받았고요."

남자가 고개를 끄덕였다. "그쪽이 나보다 한참 후임일 겁니다."

"그래요. 우리가 친구가 될 만한 유일한 이유겠군요."

"사람들은 그보다 못한 이유로도 친구가 되죠."

교도관이 픽 웃으며 담배에 불을 붙였다. "이봐요, 친구. 나도 당신이랑 똑같은 콩밥을 먹습니다." 그는 남자에게 담배를 건넸다. "수감자들은 투덜대면서도 어떤 식으로든 빠져나가잖아요."

"당신은 종신형이고요." 남자는 수갑을 찬 채 담배를 한 모금 빨았다.

남자는 성실한 사람 같았다. 목욕탕에 가면 적당히 거리를 두고 두 자리쯤 떨어진 곳에서 때를 밀며, 누가 탕에 들어오면 뜨거운 물에서 찬물로 옮겨가는 사람. 전투식량을 관리하면서도 한 달을 쫄쫄 굶는 그런 사람. "딱 봐도 의심을 살 만큼 꾀바른 사람은 아니군요. 그렇지만 보고서를 보니까 아버지가 우익이라면서요. 이모 쪽은 좌익이고요."

"북한 사람들 손에 돌아가셨죠."

"아니면 북한에 살아 계실지도 모르죠. 그쪽이랑 연락하며 지낼 수도 있고."

"북한에 가족 없는 사람이 누가 있겠습니까. 나는 우리 가족이 죽는 걸 직접 봤어요."

"북한 사람들이 죽인 거라고 확신할 수 있습니까?"

남자는 질문을 듣고도 놀라지 않았다. 강압적으로 통제를 해나갈 때 밟는 단계였다. 교도관이 재떨이를 내주었다.

남자가 말했다. "밤에 빨치산들이 우리 집을 뒤집어놨죠."

교도관은 그 말이 사실이라는 걸 알 수 있었다. 거짓말은 빈 수레처럼 요란한 법이었다. 교도관이 말했다. "빨치산들이 굶주려 있었군요. 그것도 전부 그 사람들 잘못이죠, 뭐."

교도관이 담배를 껐다.

남자의 이야기는 수없이 면담을 하다 보면 듣는 전형적인 이야기였다. 방앗간 주인들은 쌀 때문에 살해당했다. 방앗간은 텅텅 비고, 그 집 아이들은 눈밭에서 발견되었다.

교도관이 말했다. "그 사람들이 내세우는 명분에 동조하면 안 됩니다. 한데 정보원은 우리가 당신을 계속 추격했다고 하네요. 반미 단체를 도와줬다는 혐의를 받고 있다고요. 당신은 교육을 잘 받았고, 여행도 많이 다니죠. 무슨 일로 가는 겁니까?"

남자가 차분하게 말했다. "반미요? 지난번에 들었던 얘기는 정반대였습니다만. 북한군이 남한 사람들은 모두 친미라면서 위협을 해왔다던데요."

"소식이 빠르시군요. 뭐, 미국인들이야 워낙에 말주변이 없지 않습니까. 자기네들이 하는 말이 우리한테 어떤 뜻으로 들릴지도 모르고 내뱉잖아요. 그래도 미국은 군사 통제를 유지하는 게 중요하다는 점만은 투명하게 밝혔습니다. 미국이 한반도에 관심이 있다는 건 우리도 잘 알죠."

남자가 말했다. "미국인들은 혁명을 일으켰죠. 당신은 미국이 우리도 혁명을 일으키게 둘 거라 생각하시나 보네요."

"지금 개소리 하는 거 알고 있습니까?"

교도관은 남자의 모순된 감정을 눈치챘다. 남자는 의자에 앉아 제 손으로 유죄를 선고하려는 마음을 억누르고 결백을 증명해야 했다.

교도관이 남자에게 동조했다. 책상 가장자리에 손바닥을 짚었다. "35년 동안 일본의 지배를 받았죠. 일본이 항복하고 나서는, 위도 38도에 선을 그어 소련과 미국이 북한과 남한을 통치하게 되었고요. 미군정은 일본 체제를 그대로 두었습니다. 미국은 광복 이후에 한국이 스스로 통치하는 걸 반대했다고요."

"놀랍죠."

"민주주의가 빠른 발전을 보장하지는 않습니다. 광복 이래로 미국은 굵직한 독재자들을 모두 도와주었어요. 한국이 준비되어 있질 않으니까요. 구질구질한 일들도 해야 합니다. 한눈팔지 말고 건설을 해나가야 해요."

"그러니까 우리가 민주주의로 못 나아가게 가로막혀 있다는 말씀이시네요."

"그렇게 간단하지가 않습니다. 대학생들은 세뇌당했어요. 반미주의적 시각과 북한을 향한 새로운 시각을 혼동하고 있어요. 반미 기질이 너무 강해서 북한이 친구라고 생각하죠. 북한은 우리를 보며 웃고 있고요. 외국만 없다면 민족 통일을 향한 전망이 있을 거라고 생각하는, 동조자 세대입니다. 이런 아이들이 자라나면 뭘 할 것 같습니까? 국경을 열어젖히겠지요. 우리부터 시작해서 전부 다요."

바깥에서는 이팝나무가 봄을 뒤덮었다. 나뭇가지에 하얀 꽃이 무리 지어 피었고, 북풍을 따라 강에서 오는 빛이 그 위에 잔뜩 퍼졌다.

교도관이 말했다. "분단은 불가피한 일이었어요. 젊은이들은 면역이 안 되어 있었다고요. 그렇지만 우리 교도소에 있는 사람들이 모두 다 처음부터 공산주의자는 아니었을 거라 봅니다. 스스로를 아무 결함 없는 영웅이라 생각했겠죠. 진보에 훼방을 놓는 공산주의자들일 뿐이지만요."

"당신이 이유도 없이 고문을 하는 한은 말이죠."

교도관은 당황하지 않았다. "그건 인정합니다. 미국이 점령하고 있을 때 학생들이 들고 일어서자, 미군은 총을 쐈어요. 우익인 한국 경찰조차 그건 견딜 수가 없었죠. 그렇지만 통일은 환상입니다. 단지 유의미한 타협안이 없다는 이유로 이 세대가 고안해낸 거예요. 우리는 두 운명을 지닌 한 민족입니다. 법과 질서는 반체제 인사들이 위험한 생각을 접하지 못하게 해주죠. 공산주의자들은 희생자도, 미국의 노리개도 아닙니다. 이 모든 게 끝나고 나면 한국인들은 자기에게 좋은 게 무엇인지 알게 될 거예요."

"이건 나라가 아닙니다." 남자가 말했다.

"아직은 나라가 아니죠." 교도관이 말했다.

남자는 고개를 까딱이며 책상에 있는 베르디 음반을 가리켰다. 손목이 묶인 채로 나무 책상 표면에 글자를 쓰고 말했다.

"폴리에. 조이르. 광기. 희열."

"이탈리아어를 압니까?"

남자가 말했다. "광기, 희열―서로 뭐가 다르죠? 광기라면 광기인 것이고. 희열이라면 희열인 거죠."

교도관은 눈에 보이지 않는 선을 바라보았다. 남자가 건드렸던 책상 위를 손바닥으로 쓸었다. 수감자들을 용서할 수야 있었지만, 베르디를 읊는 이 남자는 대체 누구란 말인가? 좋은 사람과 나쁜 사람은 어디서나 찾아볼 수 있었다. 사회 어디에서나 말이다. 그러니 교도관이 언젠가 교도소에서 괜찮은 사람을 만날 수도 있다는 것 또한 자명한 사실이리라. 교도관은 잠시 뜸을 들이고는 남자를 쳐다봤다. 그리고 마침내 의심이라는 붕대를 얼굴에서 떨쳐낸 사람처럼 눈길을 열고 물었다. "천국에도 교도관이 있다는 걸 압니까."

요한

고문은 사랑의 행위만큼 오래된 것이었다. 나는 귓가에 들리는 물소리를 따라 남쪽으로 가 부산 해안으로 갔다. 바로 지난주에도 머물렀던 곳이다. 그곳에서 물이 좁은 다리 아래로 급히 흐르고 조개가 담긴 붉은 대야에서 거품을 내고 가게 수도꼭지에서 철벙거리고 시장 매대의 처마 아래로 똑똑 떨어지는 모습을, 맥주잔 안에서 소용돌이치고 사이다로 함께 입안을 적시고 고무신 안으로 텀벙거리며 들어가고 부두 근처 건물들로 이어지는 길을 진창으로 만드는 모습을 보았다. 살은 다 발리고 등뼈와 떨리는 눈만 남은 채 나무토막 위에 놓인 도미의 참상도 마주쳤다.

수산 시장 2층에 있는 식당에서 광어를 주문하니 투명한 은빛 살을 얇게 썰어 둥근 접시에 담아 깻잎과 함께 내왔다. 쌈 위에 은빛 두 점을 생마늘과 올렸다. 한입에 집어넣고는 뒤따라 소주를 털어넣으며 혀에 남은 생선 기운을 씻었다. 그 식당은 매년 같은 시기 돌아다니는 것이 힘들어질 지경으로 사지가 굳었을 때 마음을 놓을 수 있는 유일한 곳이었다.

40대 후반의 가게 주인이 정중한 태도로 식탁을 짚었다.

가게 주인보다 나이가 많은 그녀의 어부 남편이 주방에서 소주를 들고 나왔다. "요한 씨잖아! 여기 한 병 더 해요. 서비스요."

주인이 말했다. "오랜만에 오셨네. 한 병 더 하세요. 혼자 마시면 안 되지."

"오늘로 1년이 돼서요."

그녀가 말했다. "사모님 말씀이시죠. 어떻게 잊겠어요."

내가 대답했다. "젊었죠. 마흔이었는데. 괜한 얘기 꺼내서 미안합니다."

주인은 눈치가 빨랐다. "우리가 끼어들었는데요, 뭐."

남편 쪽도 말을 이었다. "저는 한번 꺼내온 병은 안 무릅니다. 장단도 없이 춤을 출 순 없죠."

주인이 말했다. "첫 잔은 같이하세요. 그다음에는 편한 대로 드시고요."

손이 빠른 주인이 나서기 전에 내가 술병을 낚아챘다. "제가 따르겠습니다. 그럼 되겠죠." 잔 세 개에 술을 따랐다. "가득 따르겠습니다. 오늘만요."

주인은 고개를 돌리고는 술을 홀짝였다.

남편은 한번에 털어넣었다.

광이 나는 리놀륨 바닥, 뜨뜻한 온돌, 해진 방석이 있는 이 식당 위층에 살았다면 아내도 행복하지 않았을까. 광주리에 담아둔 붉은 고추와 멸치. 하얀 종이에 놓인 생선. 지느러미에는 햇빛이 비쳤다.

"찌개가 나올 거예요." 주인이 자리를 뜨며 남편을 끌어냈다. 그러자 남편은 입을 슥 닦고는 주인의 엉덩이를 쳤다. 밥을 먹던 사람들이 웃음을 터뜨렸다.

그녀의 남편이 주방으로 따라 들어가며 외쳤다. "찌개는 2분이면 돼요. 한 1분만!"

집으로 돌아오는 차 안, 아무도 들을 수 없는 공간에서 소리를 냈다. 흐느낌과 별반 다를 게 없었다. 꼭 잔뜩 긴장했던 내 몸이 지난 열두 달 동안 쌓이며 딱딱한 돌처럼 굳어졌던 긴장감을 내려놓는 것 같았지만, 소리는 가슴팍에서 치고 나오자마자 멎었다.

집으로 올라가는 언덕길에서 경찰이 나를 멈춰 세웠다. 차 밖으로 나오자, 경찰은 나를 경찰차로 데리고 가며 꼭 위로라도 하는 것처럼 내 등을 쓸었다. 고개를 기울이니 물이 소용돌이치며 쿵쿵 울렸다. 눈 뒤에서 물이 빙빙 돌았다. 그러다 머릿속 사이사이로 나 있는 통로를 지나갔다. 뒤이어 호스로 뼛속까지 씻어냈을 때, 생각이 하나 떠올라서 얼어붙었다. 교도관 말이 맞을지도 모른다. 사랑은 인간이 추구할 수 있는 가장 높은 목표라는 것. 그렇지만 나는 사랑에 대비할 수 없었다. 그건 내가 막을 수 없는 물줄기와도 같았다. 아내와 아내의 부푼 배가 황급히 병원으로 향했을 때, 물이 아내의 치마와 내 옷소매를 적셨을 때 우리는 하얀 가운과 그보다 더 하얀 방으로 파헤치고 들어갔다. 인숙이가 입구를 넘어서 나올 때까지. 아이의 부어오른 주먹과 통통한 몸이 열기로 타올랐다. 아이가 눈을 뜨고는 크게 울음을 터뜨렸고, 작은 발이 내 손바닥 안에서 버둥거렸다.

교도관

교도관은 양동이를 쏟아내고 남자가 깨어나기를 기다렸다.

남자가 눈을 번쩍 떴다. 퀭하고 게슴츠레했다.

"그 아이한테는 알릴 필요 없어요." 남자가 말했다.

"당신 딸 말이지. 당신을 찾아다니는 것 같던데."

교도관은 수갑을 풀고 검지로 손바닥에 글자를 썼다. 교도관은 남자가 시작한 것을 이어가며 죽음이라 적었다.

교도관이 손바닥을 내어주었다.

남자가 교도관의 손바닥에 삶이라 적었다.

교도관이 인간을 적었다.

남자가 삶을 적었다.

교도관이 아버지를 적었다.

남자가 삶을 적었다.

배신자.

삶.

홀아비.

삶.

고아.

삶.

전쟁.

삶.

적.

삶.

나라.

삶.

분단.

삶.

파괴.

삶.

교도관.

남자는 조금 더 천천히 삶을 적었다.

군인.

삶.

아들.

삶.

친구.

삶.

고문.

삶.

총.

삶.

감옥.

삶.

신.

삶.

사랑.

삶.

죽음.

삶.

삶.

삶.

삶.

삶.

삶.

삶.

*

아침이 되자 교도관은 남자를 풀어주라고 명령했고, 교도소 일을 시작한 뒤 처음으로 밤새 푹 잠들었다. 그렇게 아무런 말썽 없이 남자가 풀려날 줄 알았으나, 이튿날 출근했다가 남자가 총에 맞아 죽었다는 이야기를 들었다.

명령대로 남자를 풀어주었으나, 교도관 한 명이 편집증에 빠져서는 실제 명령은 그게 아닐 거라고 지레짐작했다. 미심쩍은 명령이었다. 정보부나 중앙 교도소에서는 아무 말이 없었다. 교도관은 자고 있으니 연락할 수도 없었다.

그래서 교도관 두 명이 남자를 따라간 것이다.

두 사람은 남자가 꼭 산길로 달아나는 수탉처럼 달렸다고 보고했다. 일이 잘못됐을까 봐 겁이 난 두 교도관은 이 상황에 대처하는 가장 확실한 방법은 남자의 등에 총을 쏘는 것이라고 합의를 보았다.

남자의 몸은 옅은 파란색 셔츠를 걸친 채 길거리에 엎어졌다. 교도관은 남자가 뛰었다는 보고를 믿지 않았지만, 가능한 일이기는 했다. 형사는 읽어보기도 전에 보고서를 믿었다. 시체와 남자의 딸은 자기들 쪽에서 처리하겠다고 말했다. 남자의 사위는 끈질기게 경찰서를 들락거렸다. 남자의 딸은 응급실 쪽을 찾아보고 있었다.

형사는 물병을 집어 들더니 단숨에 비웠다. 입을 닦고는 숨을 골랐다. "아직 봄인데 벌써 덥네요. 이번 여름은 힘들 겁니다, 느낌이 와요. 모기들이 내 똥구멍에서 피를 빨아먹으려고 눈을 뒤집고 달려들거든요."

교도관이 남자를 어떻게 묻을 건지 묻자, 형사가 고함을 쳤다. "하여간 당신네 시골 것들은 미신쟁이라서. 나는 그런 거 하나도 안 믿습니다." 그러고는 바닥에 침을 뱉었다.

"나도 안 믿습니다만."

"그자는 친구도 없어요. 여행 다니면서 못된 짓도 많이 했겠죠. 매춘부랑 놀아났을지도 모르고."

형사는 이마에 물을 뿌리고는 물병을 구겼다.

다시 입을 열었다. "그래서 말인데, 오늘 밤에 여자가 좀 필요하거든요. 아내가 애 데리고 친정에 가서. 하루 종일 투덜댄다니까요. 여자가 뭐 그렇게 힘들 게 있어요?"

교도관이 대답했다. "여기는 일본이 아니라서요. 여자 사는 일이 그렇게 쉽지가 않아요."

형사가 생각에 잠겼다. "일본 남자들은 퇴근해서 밥 먹은 다음에 여자 만나러 가는 걸 아내한테 어떻게 허락받았는지 통 모르겠다니까요. 한국도 마찬가지지만요." 형사의 말이 이어졌다. "한번은 일이 있어서 거기서 배를 탄 적이 있거든요. 매춘이 그 사람들 경제예요. 월급쟁이들을 죽어라 굴리는 거죠. 남자들은 여자랑 자려고 더 열심히 일하고요. 그 사람들은 그걸 갖고 여자랑 떡을 친다고 말 안 해요. 치유받는다고 합디다."

형사는 머리 위로 손가락을 돌리며 신호를 보내 팀원들에게 시체를 수습해 트럭에 실으라고 지시했다. 교도관과 형사는 시체를 빠르게 처리하고 방수포로 덮는 모습이 생생히 보일 만큼 가까이 서 있었다. 형사가 말했다. "세계 어디나 똑같다니까요. 미국인들에게 물어보세요. 남자들한테는 이 말이 필요하죠. 치유."

형사는 장갑을 잡아 빼서 트럭 위 방수포에다 던졌다. 또 한 번 장광설을 늘어놓으려나 했는데, 날이 너무 더운 모양이었다.

그들은 돌아가서 또 다른 보고서를 써야 했다.

막아두었던 길목을 열자, 남자가 총에 맞아 죽었던 길에 행인들이 다시 자연스럽게 흘러 들어왔다.

교도관은 보고서에다 남자를 검시관에게 보내달라고 요청했다.

남자를 쏜 교도관 두 명과 현장에 왔던 형사 모두 공산주의자 활동이 의심된다고도 보고했다. 증거는 없었고, 교도관의 말뿐이었다. 보고서를 보내고 나서, 교도관은 이제 아침이면 그 사람들은 교도소로 가고 자신은 중앙 교도소로부터 포상을 받을 것이라 생각하며 흡족해했다.

검시관

빠르고 조용하게, 검시관은 그렇게 일했다. 그는 작업대 위에 놓인 남자를 알아보았다. 사람들이 남자를 싣고 오자마자 검시관은 남자의 딸에게 알렸다. 그녀가 도착하기 전에 일을 마치고 싶었다.

검시관은 시체를 닦은 뒤 장비를 챙겼다. 보통은 장의사가 시체를 처리하지만, 시위 때문에 일이 쌓인 뒤로는 그의 몫이 되었다. 시체에서 피를 뺀 다음 밝은색 방부 용액을 주입해 마치 아직도 살아 있는 몸인 것처럼 색을 더했다. 이목구비를 정돈하며 핀으로 눈꺼풀을 덮어 잠이 든 것 같은 모습을 만들어냈다. 검시관의 파우더와 화장 붓은 차가운 피부 위에 쓰였다. 그의 기술과 상상 덕분에 딸은 친밀한 느낌을 받을 수 있을 터였다. 물론 그 친밀감은 그가 상처의 진실을 얼마나 잘 덮느냐에 달려 있었지만 말이다.

검시관은 시체의 모양새를 보고 깜짝 놀랐다. 동료들에게도 설명해줄 생각이었다. 물에 흠뻑 젖은 데다 총알이 등에 여덟 발 박히고 앞으로 다섯 발이 관통했는데도, 이렇게 상태가 좋은 몸은 본 적이 없었다. 팔뚝과 이두박근은 여전히 팽팽해서, 빠져나갈 데도 없이 부풀어 있었다. 근육조직은 충격적일 정도로 긴장되어 있었지만, 손가락은 근사하니 길게 뻗어 있었다. 휘어진 목과 튀어나온 턱은 노래 부르기에 딱이었다. 자격증을 취득하기 전, 검시관은 사람들이 죽어도 더 이상 슬프지 않을까 봐 겁이 났다. 시체를 처리하는 데에만 신경을 쏠까 봐 말이다. 그렇지만 그 반대였다. 그는 더욱 강렬하게 애도했다. 시체를 앞에 두고 늘 그랬던 것처럼 남자를 생각하며 비통에 잠겼다. 검시관은 장갑을 벗고 눈을 문지르고는, 문 위쪽을 쳐다봤다. 또다시 감상에 젖어들었다. 말썽을 일으키는 건 결코 죽음이 아니었다.

검시관은 장비를 닦았다. 몸을 절개하고는 바싹 긴장했다. 물이 한바탕 쏟아져나오며 작업대 위를 뒤덮었다. 옆구리를 따라 가르며 몸을 조금 더 열었다. 그 틈에서 광어가 헤엄치는 모습을 검시관은 똑똑히 보았다. 사암 같은 비늘이 은빛 아래로 미끄러졌다. 광어는 지느러미를 반짝이며 물속으로 뛰어들었다가 튀어올랐다.

다시 들여다보자 아무것도 없었다.

검시관은 노크 소리를 듣지 못해서 문이 열리자 화들짝 놀랐다. 남자의 딸이 다가왔다. 검시관은 양해를 구하고 문으로 향하면서, 세상이 어떻게 해서 일순간에 모조리 무너지는 것이 아니라 균열부터 생겨나기 시작하는지 처음으로 보았다. 남자의 딸, 그 사랑스러운 얼굴에 퍼져나가던 것처럼, 마치 광기처럼, 마치 희열처럼.

4

인숙
1982년, 대전

아버지가 돌아가셨으니, 이제 아버지께 뭐든 말할 수 있게 되었다.

아버지, 어쩌다 제가 질문을 받았을 때만 입을 열고, 질문을 받지 않으면 답도 하지 않게 되었는지 들려드릴게요. 저는 제 인형들을 아버지와 어머니인 것처럼 다루면서 두들기며 답을 내놓으라고 했어요. 어느 날 어머니가 커튼 뒤로 다가왔고, 아버지도 거기에 합세했죠. 가족이 죽으면서 저는 침묵하는 법을 배웠고, 20대 후반에는 경청하는 사람이 되었어요. 사람들은 저를 다르게 대했어요. 아무에게도 하지 않는 얘기를 저한테는 했죠. 성호의 어머니 후란은 우리 집이 수색당했을 때 제가 물려받을 것들도 다 사라졌다고 하더군요. 아버지가 돌아가시자 구멍이 생겨났어요. 꼭 쿠데타처럼. 아버지의 청자 꽃병도, 옻칠을 한 탁자도, 마로 만든 잠자리 무늬 휘장도 도둑맞았죠. 모두 후란이 결혼식 비용을 치르는 데 필요한 돈이었는데.

후란은 어머니가 입던 초록색 한복으로 갈아입는 제 모습을 지켜봐요. 초록색은 하얀 피부에나 어울리지, 저 같은 피부에는 어울리지 않는다고 말해요. 제 한복 매듭이 꼭 개 귀처럼 축 늘어졌다고도 하고요.

후란의 반지하 셋방에서 치른 결혼식에 그분은 검은 재킷과 검은 면치마를 빌려 입고 와요. 이웃들이 고운 신혼부부 한 쌍이라고 말할 때마다 눈살을 찌푸리죠. 결혼식이 끝난 뒤에는 옷을 빨고 개켜요. 처음에 빌렸을 때보다 깔끔하게 해서 돌려주고요.

그날 밤, 성호는 미국에 자리를 잡았다고 우리에게 얘기해요.

아침이면 성호는 떠날 거예요. 성호가 우리를 데려갈 돈을 모을 때까지 저는 여기서 후란과 지내야 해요. 성호는 우리를 부르는 데 1년도 안 걸릴 거라고 말하지만, 후란은 2년이나 5년, 아니면 더 길어질 수도 있다고 해요.

성호는 짐을 마저 싸고, 우리는 방을 청소해요.

후란은 성호와 제가 온돌바닥이 깔린 안방에서 결혼 첫날밤을 보낼 수 있게 부엌 아궁이 옆에다 요를 깔아요. 시어머니가 차가운 부엌 바닥에서 자는 일이 없도록, 제가 침실을 사양하기를 마음 깊이 바란다고 말해요. 그러고는 저더러 한 시간 동안 생각을 해보라면서 안방에서 기도를 해요. 만약에 제가 딸이었다면 방을 바꿔달라고 하지 않았겠죠. 만약 그분이 제 어머니였다면, 저는 한 시간이 지나기도 전에 방을 사양했을 거고요.

시간이 되자, 후란은 온 힘을 다해야 문턱을 넘을 수 있기라도 한 것처럼 문간을 넘어와요.

그분을 막는 건 말도 안 되죠. 오고 있는 사람을 제가 왜 막겠어요? 그분은 제가 어떻게 하기를 바라는 걸까요? 웃음기 하나 없이 결혼한 이 여자에게?

후란이 물어요. "안방에서 잘 거니?"

성호가 부엌에서 나오며 후란에게 얘기해요. "아궁이에 장작 넣어뒀으니까 따뜻할 거예요."

후란은 꿈쩍하지 않아요. "네 아버지라면 밖에서 자게 두지는 않았을 텐데."

성호가 대꾸해요. "하룻밤이잖아요."

후란은 제가 말하기를 기다려요. 아들의 아내가 거들어주지 않은 채로 아들과 말다툼을 할 수는 없으니까요.

그렇지만 저는 후란 편을 들고 싶은 마음이 없어요. 성호에게 물어봐요. "당신은 어떻게 생각해?"

성호는 우리가 안방에서 자겠다고 해요.

후란은 자기 아들이 평소에는 착한 아이였다고 하더군요. 이런 식으로 저를 헐뜯는 거죠.

성호가 말해요. "어머니, 딱 하룻밤이잖아요. 그러고 나면 인숙이랑 어머니랑 둘이서 지낼 건데요."

"이래서 자식들은 나뭇가지라고 하는 거야. 가지 많은 나무에 바람 잘 날 없다지." 후란이 부엌으로 들어가요.

성호는 우리가 후란이 조금 전 지나간 문을 지나갈 때 소란스럽지 않게끔 제 잠옷 옷깃을 추슬러요.

발을 뻗어 문을 닫은 건 성호예요. 그렇지만 후란이 저를 의심한다는 걸 잘 알죠.

데워진 리놀륨 바닥 위에서 성호와 저는 서로 부둥켜안았고, 부엌은 채 1미터도 떨어져 있지 않아요. 얇은 벽을 넘어 중얼거리는 소리가 들려와요. 후란은 부엌에서 다시 기도를 하고 있어요.

조금 뒤 성호가 신음하는 소리가 제 귀에 들려요.

저는 결혼식 날 밤을, 제게 희망을 준 순간, 성호가 떠나 있는 동안을 헤쳐나갈 수 있게 해준 순간으로 기억할 거예요. 아침 햇살이 방 안의 정적을 깨요. 요와 이불과 옷은 빨아야 하고, 부드러운 그의 몸도 다시 제자리로 돌아가고, 바닥은 레몬과 물로 닦아요. 살면서 거쳐온 방들은 모두 최고의 기억과 최악의 기억을 다 품고 있었죠. 싱크대에서 튀기는 차가운 물, 밥 짓는 냄새, 동백꽃과 노란 참외가 차려진 식탁. 어머니는 방 안에서 돌아가셨고, 아버지 당신은 또 다른 방에 가만히 누워 계셨어요. 그날 밤 저는 방 안에서 아이를 품었고 또 다른 방에서 아이를 낳겠지만, 그 모든 방에서 저는 제가 빚진 삶을 꿈꿔요.

*

어머니는 돌아가셨으니, 이제 모든 걸 들을 수 있게 되었다.

어머니, 후란이 자기가 세 들어 사는 지하 방 주인네 농장에서 닭장을 어떻게 돌보는지 얘기해드릴게요. 닭장은 기찻길을 따라 5킬로미터 정도 걸어가면 나와요. 후란은 농장에 자릿세를 내고, 식당에 닭을 팔아 돈을 벌죠. 성호가 떠난 지 여덟 달이 지났어요. 닭장 뒤편 헛간에서 후란과 저는 작업복으로 갈아입어요. 그분은 힘든 미래를 점치기라도 하듯, 색이 어두워진 제 젖꼭지와 부푼 배를 바라봐요. 우리는 빨간 앞치마를 걸치고 노란 고무장갑을 끼어요. 후란은 제 윗배를 누르고는 앞치마 끝을 당겨 뒤쪽에서 묶어요. 흘러내린 머리카락은 머리망 밑에 집어넣어주고요.

성호가 떠난 지금, 우리는 그 어떤 상황에서보다 가까워진 게 아닐까 싶어요. 척 보기만 해도 제가 오줌을 눠야 한다는 걸 그녀가 알아챌 정도로 가깝게 지내고 있어요. 후란은 제가 없었다면 자기 때문에 성호가 돌아오지는 않을 거라고 말해요. 또 자기가 없었다면 아마 제가 도망을 갔을 거라고도요. 이런 얘기를 거리낌 없이 대놓고 하죠. 후란은 마치 울타리로 들락거릴 수만 있다면 어느 곳에서든 편하게 뻗어 있는 고양이 같아요. 우리는 철제 탁자를 표백제로 청소하고 고기 써는 칼을 갈고 칼날을 확인해요. 지척에 있는 우리에는 닭 142마리가 옹기종기 모여 있어요.

미군 참모총장은 한국인들이 '들쥐'라고 단언하면서 아직 민주주의를 얻을 준비가 안 되었다고 했어요. 들쥐건 아니건 간에, 이곳을 떠난 성호에게서 아무 소식도 듣지 못한 채 우리는 일해야 하죠. 성호가 뭘 하고 있는지 걱정할 여유도 없어요. 불러오는 배를 보면 닭을 잡아야 한다는 절박감이 들어요. 그러니 미군들이 일본말인 줄도 모르고 아이들에게 도모다치*라고 소리친들 무슨 상관이겠어요? 미군들이 한국은 참호를 파는 삽과 여자를 캐내는 집결지가 있는 휴가지라며 집에다 편지를 쓴들 무슨 상관이고요? 미군 본인들조차 스스로가 뭘 하려는 심산인지 모른다면, 아마 아무도 그 의중을 모를 거고요.

황갈색 날개를 잡아 닭을 들어 올려서 탁자에 내려놓아요. 발을 모아 꽉 묶어놓으니 날로 쳐도 어려울 것이 없어요. 닭은 탁자 위에서 몇 번 퍼덕이다가, 딱지가 잔뜩 붙은 발에 힘이 풀려요. 저는 붉은 볏이 난 머리를 붙잡아 젖혀서는 마지막 휴식에 들게 해요. 하나하나 눈을 들여다봐요. 어떤 닭들은 눈길을 되받아 쳐다보며 살아 있다는 걸 알리죠. 더러운 일이지만 이 일 덕분에 정화되는 느낌을 받아요. 빠르게 토막을 내며 자비를 구해요. 칼은 닭의 온몸에 전기를 흘려보내요. 마치 매일 아침, 어

---

* 일본어로 '친구'라는 뜻.

머니 당신과 아버지가 돌아가셨다는 사실을 쥔 채 잠을 뚫고 저에게 내리치는 전기처럼요.

후란이 제게 물어요. "성호랑은 연락해봤니?" 같이 살고 있으니 후란은 이미 답을 알고 있을 것이고, 제가 연락을 받으러 반지하 셋방에서 우체국으로 가는 것도 알 거예요. 그냥 저를 불편하게 하고 싶은 거죠.

식당에 갖다줄 통에 닭의 심장을, 작은 불덩이들을 모아요. 장갑을 뚫고 열이 올라온다는 게 안 믿겨요.

자물쇠가 망가져 열쇠가 먹히지 않자 후란은 우리를 톱질해요. 우리를 열어젖히고는 말해요. "운전면허를 따려고 한다더라. 그 나라에서 일을 구하려면 운전을 할 줄 알아야 한다고 하데."

저는 뜨거운 물로 닭을 씻어요. 한 손으로는 털을 뽑고 한 손으로는 닭을 돌려가면서, 마치 현악기를 연주하듯 자세를 꼿꼿이 한 채로요.

그러다 후란이 닭을 쳐다봐요. "너는 몇 번이니?" 후란이 닭을 세다 까먹었으니 식당에서는 언짢아할 거예요.

어깨를 으쓱하며 후란이 마저 이야기해요. "애야. 우리 아들은 제 어미를 안 잊었더라. 편지도 쓰고 사진도 보냈어."

그분이 저를 불러서 멈춰 서요. 이번에는 좀 달라요.

후란은 찐득한 막에 싸인 심장을 꺼내며 말해요. "네 남편이 여자한테서 운전 수업을 받고 있다더라. 서울에 있는 유명한 여자대학을 나온 한국 여자란다."

저는 고개를 수그려요. 묵직한 작업복을 고쳐 입어요.

"네가 아주 바보는 아니지 않니? 둘이서 같이 시간을 많이 보내고 있단다. 성호랑 이야기해봤는데, 의심스럽더라."

내장을 뺄 수 있도록 털을 다 벗긴 닭을 건네요. 제가 할 수 있는 말은 그저 이뿐이에요. "언제가 되든 일어날 일이라고 생각했어요."

"우리 둘한테 이게 어떤 의미인지 잘 알 거다." 후란은 내장을 줄에 걸어두고 물을 뿌려요. 제게 몸을 돌리며 말해요. "내가 그 애한테 화를 냈으면 좋겠니?"

후란이 그 여자 얘기를 한 게 씁쓸해요. 줄곧 같이 살아왔으니, 이제는 터놓고 얘기해요.

"제가 남편을 떠났으면 좋겠다고 생각하시는 것 같네요."

후란은 장갑을 벗고 손을 씻어요. "지렁이도 밟으면 꿈틀하는 법이다." 그분이 주머니에서 접어둔 사진을 꺼내요. "너도 생각보다 딱하구나. 직접 봐라!"

바다를 건너서 온 사진이에요.

"네 남편이 새 차도 뽑았단다. 보나 마나 그 차로 새 인생도 시작하겠지." 후란은 쩍 벌어져 속을 드러낸 채 쌓여 있는 죽은 닭들을 처리하기 시작해요. "그 사진에 뭐가 보이니?"

"어머니 아들이요."

그분이 말해요. "그 사진 속에 있는 사람이 네 남편이다."

그러다 성호 옆에 서 있는 여자가 눈에 들어와요.

"운전 강사네요." 제가 말해요.

"머리 긴 거 봐라, 믿음이 안 가." 후란이 떠는 것을 보니, 아들이 자신의 손이 닿지 않는 곳으로 가버릴까 봐 두려워한다는 걸 알 수 있어요.

운전 강사는 성호와 가까이 서 있어요. 일단 불륜이 벌어지고 나면 잠재울 수 없다는 사실을 모르는 채, 둘은 별생각 없이 서로를 끌어안고 있어요. 후란은 제게 보여줄 때를 잡은 것이죠.

"뭐라고 해야 할지 모르겠구나, 얘야." 후란이 다시 장갑을 껴요. 철제 조리대를 닦고 얽혀 있는 내장을, 엉겨 있는 파란색과 초록색을 털고 손가락을 펴요.

저는 사진을 만져보고 다시 일을 하러 가요.

우리는 내장과 살코기를 손질해요. 냉동 상자에 호스로 물을 뿌린 다음 냉장고에 집어넣어요. 마지막 상자까지 채우고는 얼음과 비닐로 덮어둬요. 농가의 문들과 언덕 사이 그 뒤편으로 해가 떨어지며 일을 그만 놓으라고 해요. 세찬 비로도 지워지지 않는 피 냄새가 고약하게 풍기는 가운데 후란은 탁자와 도구를 닦는 저를 지켜봐요.

후란이 말해요. "얘야, 그 여자는 너 절반만큼도 안 예쁘다. 바보처럼 주눅 들지 마라. 우체국에 가서 전화 걸고 성호 바꾸라고 해서 얘기해. 당장 오늘 저녁에 하는 거야. 걔가 편히 자게 두면 안 된다. 알겠니? 네가 그 애 아내고, 지금 그 애 자식을 배고 있다고 그 애한테 말하란 말이야. 만약에 그년이 운전 말고 뭐라도 다른 걸 가르쳐주고 있거든 연락을 끊겠다고 해버려.
내 남편은 나를 때리기는 했지만 바람은 안 피웠다. 자고 있을
때 찔러버릴 걸 잘 알았겠지. 사부인이 계셨으면 이렇게 말씀하
셨을 게야. 남편이 이런 식으로 은근슬쩍 넘어가게 두면 안 된
다고, 안 그러면 네가 그 애를 죽여야 할 거라고. 지금 당장 바
로잡지 않으면 너는 스스로를 절대 용서 못 하게 될 게야. 그러
니까 당장 가서 따져. 이 나라에서는 남자애들도 여자애들도 죽
어가고 있다고, 이 교회에서 저 교회로 울음이 이어지고 이 학
교에서 저 학교로 다들 도망다니고 이 감옥도 저 감옥도 다 차
고 있다고 얘기하는 거야. 내가 부끄럽게 생각한다고, 이 늙은
어미랑 딱한 닭들을 데리고 농장에서 일하는 너 같은 여자한테
는 더 잘해야 한다고 말하라고. 내가 너한테 사진 보여줬다고
하고, 그 강사가 얼마나 아무짝에도 쓸모가 없는지, 그 여자 옆
에 서 있으니 얼마나 멍청해 보이는지 다 얘기해버려."

*

어머니, 아버지.

그다음 주에는 학생들이 부산에 있는 미국 문화원 건물에 불
을 질렀고, 사람들이 길에서 폭발이 일어나는 모습을 보았다
는 소식이 들려왔다는 걸 말씀드릴게요. 연기가 기둥처럼 피어

오르고. 교회 종이 울리고. 개들은 고개를 든 채 빙글빙글 돌고. 과격파를 체포하고. 사형선고를 내리고. 학생들은 미국 국기에 휘발유를 붓고. 불이 번지고. 그 불이 우리나라 다른 곳에 불을 불러오고. 소식은 기억을 실은 배처럼 바람을 타고 퍼지고. 미국 대사관은 자기네 역사관에 반하는 '버릇없는' 한국인들에게 경고를 해요. 일본 교과서에서는 일본이 한반도를 '발전시킨' 것이지 '점령한' 게 아니라고 해요.

식당은 우리가 일을 깔끔하게 했다며 칭찬해요.

닭은 주문대로 딱 맞춰 나갔어요. 142마리. 식당에서는 닭을 더 대달라고 해요.

후란의 눈에 이윤을 더 낼 수 있겠다고 기대하는 기색이 감돌아요. 수입은 두 배가 될 거고, 식당에서 찾지 않는 심장은 우리 배를 채워줄 거예요.

후란은 흠잡을 게 없다고 해요. "다들 아들이 죽었지만 나는 아닌걸. 이제 다른 집보다 더 잘 먹고 살 거다."

"한복도 팔 수 있어요."

"그러면 다시 사야 하잖니. 그건 됐다."

"단골을 더 구할 수도 있어요. 누구든 써줄 거예요."

후란이 말해요. "우리가 전부 머리 잘린 채 돌아다니는 바보들이기는 하지만 말이다."

"우리의 작은 심장은 잊지 마시고요."

후란이 웃음을 터뜨려요. "불쌍한 닭들 같으니."

우리는 불가에 쪼그려 앉아 물을 끓이고 손을 덥혀요. 불꽃이 손가락 끄트머리를 핥아요. 빛은 얼굴을 따라 일렁여요. 후란이 무언가를 떠올리고는 물어보려는데 냄비가 끓어올라요.

후란은 제가 우체국으로 힘차게 들어갔다가 새로운 코트를 입듯 자신감을 껴입고 나오는 모습을 지켜보았어요. 후란이 운전 강사 때문에 걱정한 일은 일리가 있긴 했지만 좀 과했어요. 성호는 월말에 전화하겠다며 안심시켰어요. 후란은 아무 말도 없지만 무언가에 집중하고 있다는 걸 알아요. 제 앞에서 벌어지는 변화를 보고 있노라면 우리에게 어떤 일이 벌어질지 두려워져요. 같은 상황을 함께 마주하면서 후란과 제게는 공동의 목표가 생겼고, 서로 때문에 괴로운 일은 줄어들었어요. 우리가 마침내 함께 지내게 된 방에서 이제는 1만 킬로미터를 날아가야 했죠.

후란은 썰어놓은 자투리 채소와 심장 몇 개를 물에 집어넣고는 용기를 내 물어요.

"어땠니? 우리 아들이랑 자는 건?"

저는 잔잔하게 웃으며 생각에 잠겨요.

후란은 궁금해 어쩔 줄 모르는 눈치예요.

저는 손을 뻗어 목을 꺾어요. "닭 죽이는 거랑 좀 비슷했어요."

스물일곱 살, 1983년 4월의 햇빛 아래 어떻게 캘리포니아 북부에 발을 딛게 되었는지 이야기해드릴게요. 계절조차 연합되지 않았는데 스스로를 연합한 나라라고 부르는 곳에 어떻게 도착했는지 말이에요. 지역 쓰레기를 모아놓는 쓰레기 매립지는 연기를 내뿜으며 밀피타스의 공기를 그을렸어요. 미국에는 여러 얼굴이 있어요. 문간에 잘 익은 밀을 내려놓는 노인. 햇빛을 받아 금빛이 된 언덕배기. 소금기 어린 습지에 고여 있는 공기. 개천creek에서 따온 거리 이름—코요테 크릭, 히든 크릭, 캐니언 크릭. 여기에 온 지 하루밖에 안 됐는데, 벌써 우리 집 대문으로 비스듬히 들어오던 해가 그리워요. 그렇지만 공항에 내렸을 때 성호가, 안경을 끼고 반소매 셔츠를 입고서 예전 모습 그대로인 남자가, 자기 어머니 가방을 받아들고 그분을 앞자리에 앉힐 거라는 생각은 미처 못 했어요. 아기와 저는 뒷자리에 몸을 구겨넣었죠. 후란은 어찌나 활짝 웃는지 입술에 빨랫줄도 걸 수 있을 정도예요. 어머니가 자기 아들의 아내를 질투하고 아들이 자기 어머니 앞에서 아내를 대하는 태도가 달라지는 거야 당연하다고 얘기할지 모르겠지만, 저는 속은 기분이었어요. 다리를 건너며 성호와 저는 신혼부부로서는 마지막 숨을 들이켰는지도 몰라요.

성호는 제가 문제가 되지는 않을 거라며 후란을 안심시켰어요. 의도적으로 고른 말들이었어요. 타박하는 듯한 태도였죠. 성호는 세탁소에서 일을 하니까 우리 말다툼을 중재할 짬은 없다더군요. 백미러에 비친 얼굴은 미동조차 없고, 눈빛은 방금 전보다도 늙어 보여요. 어쩌면 성호와 저 사이의 이런 눈길이, 떠난 뒤 다시 처음 만났을 때 저에게는 한 걸음도 다가오지 않던 순간이, 우리 사이에 시간이 흘러버렸다고 느끼게 했는지도 모르겠어요. 헨리의 다리를, 아무 죄 없는 이 순진한 영혼의 다리를 제가 어떻게 꼬집었는지, 그리고 이 5주밖에 안 된 아기가 차 안에서 얼마나 울었는지 말씀드릴게요. 그 소리가 성호와 후란을 얼마나 놀라게 했는지도요. 둘은 제 얼굴을 쳐다볼 때처럼 일그러진 헨리의 얼굴을 들여다보았고, 그 모습이 제게 마지막 희망을 주었어요. 찌르는 듯한 헨리의 울음소리가 억눌려 있던 제 가슴에 확실한 위안을 안겨주더군요. 저는 헨리를 어르며 제 어머니를 찾는 헨리를, 그리고 제 어머니를 찾는 저를 달랬어요. 헨리가 저를 이해하게 될 때까지 이런 불편을 얼마나 많이 느끼게 될까요? 어째서 저는 그저 아기인 헨리가 다른 누구도 이를 수 없는 곳에서 저를 만났으면 하고 바라는 걸까요—이미 성경처럼 이 아기를 품에 꼭 안고 있는데도?

II

동물의 왕국

1988 ~ 1997

5

헨리
1988년, 새너제이

어머니와 함께 지구 반대편에 있는 어머니의 일터로 떠난 건 다섯 살 때였다. 비원은 엘 카미노의 좁은 구역에 있는 한국식 중식당이었다. 그곳에서 어머니는 검은 원피스를 입고 검은 스타킹과 검은 하이힐을 신은 여자들과 함께 서빙을 했다. 여자들은 세탁비가 비싸다며 불평하면서도 혁신과 공기를 채운 스모그 덕분에 캘리포니아 경제가 튼튼한 거라고들 했다. 그래서 여자들은 깔끔하게 보이려고 돈을 지불했고, 기름진 돼지고기 튀김, 바삭거리는 누룽지탕, 매콤한 해산물 면 요리, 그리고 특별 메뉴인 빨간 고추로 양념한 닭다리를 교회 다니는 사람들이며 술꾼들에게 내왔다. 메인 홀과 더불어 개인실 네 개가 있었다. 어머니는 나를 잘 묶어두어야 하는 연이기라도 한 것처럼 빈방에 내려놓았다. 벽을 손으로 쓸면서 내달리면 그 새하얀 망망대해를 항해할 수 있었던, 현실보다 상상이 더 진짜처럼 느껴지는 예전 집과는 다른 곳이었다. 어머니는 내게 주의를 주었다. "비원이야말로 이 세상에서 제일 진짜배기인 곳이야." 그리고 가게가 끝날 때까지는 어머니를 볼 수 없었다.

비원 왕국의 통치자인 퉁퉁하고 말씨가 나긋나긋한 부부는 아이가 없어 평온하게 지냈다. 두 사람은 여자들 주변에 높이 서서 통치했다. 꼭 저 여자들을 삼키면 제 배 안에 들어올지를 가늠하는 보아뱀처럼. 식당은 손님들의 건강은 상관 않고 요리를 만들었기에 인기가 좋았다. 부인 쪽이 내게 이렇게 말했다. "조금 살고 싶다는 건, 조금은 죽고 싶다는 거란다. 그래서 내 요리가 네 엄마 요리보다 나은 거지." 통치자들이 말하기를, 우리 어머니는 어머니가 입은 원피스만큼이나 검고 진한 짜장에다 말아주는 엷은 빛깔 면처럼 섬세하다고 했다. 어머니가 혼자 있을 때면 나는 스스로를 달래는 어머니의 그 눈, 어둠 속에서 빛나는 웅덩이 두 개를, 살이 포개어진 입을 들여다봤다. 비원은 현찰을 주며 어머니를 묶어두었다. 어머니는 내가 다섯 살이라서 돈을 모른다고 했다. 나는 단순한 모양을 그리고 쉬운 책을 읽었다. 어머니의 말이 옳았어야 했는지도 모른다. 어머니는 뭔가 잘못되기라도 할까 봐 비원 바깥으로 한 발도 나가지 못했으니까.

나는 직원들의 점심 휴식 시간이 되면 비원 뒷문을 두드렸고, 그러면 종업원인 진주가 키득거리면서 들여보내주며 억양이 센 말씨로 놀렸다. "될성부른 나무는 떡잎부터 알아본다더니."

진주는 뺨이 둥그렇고 눈은 갈색이었으며 대학생이었다. 그녀 뒤편에서 풍기는 비원의 냄새가 복도에서 나를 맞이했다. 끓는 잼과 쓴 커피 냄새로 공기가 짙었다. 조명이 어둑어둑하게 켜진 텅 빈 실내를 가로지르는 구두 굽 소리가 들렸다. 서울에서 열리는 1988년 하계 올림픽 뉴스를 두고 여자들은 계속 옥신각신했다. 봉급에 따라 편이 갈렸다. 진주와 다른 종업원 몇 명은 북한과 남한이 공동으로 개최하지 못했으니 분단만 심화시킬 거라며 올림픽에 반대했다. 진주는 스타킹 신은 다리를 꼬고 립스틱 바른 입술 사이로 검은 면을 후루룩 빨아들였다.

비원에 관한 소문은 사실이었다. 여자들이 예뻤다. 여자들의 눈과 가느다란 목을 보면 불법 스파이가 떠올랐다. 진주는 말했다. "한국 정부가 분단을 유지하도록 미국 제국주의가 강요한 거죠. 자연스러운 분단이 아니라 전략적으로 일어난 거라니까요." 그녀가 커피를 들이켰다. "이런 세상에서 인간으로 살아간다는 건 국경에서 일어나는 일을 모른 체한다는 말이에요." 우리 어머니와 다른 많은 종업원들은 생각이 달랐다. 학생들은 공동 개최를 하라며 행진을 벌이는데, 시위를 너무 과하게 한다면서. 학생들은 공부를 해야지, 무장을 해서는 안 된다는 거였다. 어머니는 그날 아침에 내게 했던 이야기를 똑같이 했다. "길에다 화염병을 던진다네요? 생각만 해도 벌받을 일이죠. 현실은 자기들 생각하고는 다르다고요." 어머니는 양손으로 컵을 잡고는 말했다. 뒤쪽 텔레비전에서는 마이클 잭슨이 어깨를 으쓱하고는 손을 아래로 뻗었다.

점심시간이 끝나자 진주의 남자 친구가 매주 하던 대로 스타킹을 한 켤레 더 들고 휴게실 사물함 안쪽으로 사라졌다. 진주더러 잘 움켜잡는다고 칭찬하는 소리가 문밖으로 들렸다. 사물함 안에서 리듬에 맞춰 쿵쿵대는 소리를 귀 기울여 들으니 내 숨도 두 사람처럼 가빠졌다. 먼저 진주의 남자 친구가, 그다음에는 진주가 나왔다. 그녀는 내 뺨을 두드리며 정신을 차리게 했고, 나는 그 손목의 곡선에 감도는 힘을 물끄러미 쳐다봤다. 밤이 끝나갈 무렵, 그녀가 나를 끌어안으니 심장이 누그러지고 바지 속이 뜨거워졌다. 그림으로 그린다면 삐뚤어진 코처럼 보였을 것이다. 언젠가 진주의 남자 친구가 제일 좋아하는 영화가 무엇이냐고 묻자, 진주가 〈서부 전선 이상 없다〉라고 대답하는 걸 들은 적이 있다. "전쟁을 보면 무력한 기분이 들어"라고 하면서. 그녀에게는 이르고자 하는 더 높은 곳이 있었을 것이다. 무력함은 그곳으로 가는 길이었다.

*

어느 날 오후 비원에서, 진주는 먼지가 날리는 주차장을 나와 남자 둘을 데리고 개인실로 갔다. 피부와 같은 색 스타킹을 신고 있었다. 허벅지에 빛이 도드라져서 스타킹을 신었다는 걸 알 수 있었다. 어머니는 금시계를 차고 구두에 광을 낸 두 남자에게 음식을 날랐고, 나는 식탁 밑에서 이야기를 들었다. 더 나이가 많은 쪽인 만새는 엘 카미노에서 한국 슈퍼마켓을 운영하는 사람이었다. 그보다 젊은 로버트는 같은 골목에 있는 카페에 투자를 했다. 로버트는 완벽한 영어를 구사하며 숨이 막힌다라거나 진보 같은 말들을 썼다. 로버트의 어린 시절 사진 속 모습도 분명 지금과 똑같을 것이다. 그는 회색 양복 탓에 실제 나이보다 더 나이 들어 보였다. 로버트가 손짓을 하니 재떨이가 왔다. 어머니의 발걸음이 식탁을 오갔다. 로버트는 부엌을 바라보고 다리를 쩍 벌린 채 앉아 있었다. 그는 무릎 위에 손을 얹었다가, 어머니가 천천히 물러나자 식탁 위에 팔꿈치를 올려두었다.

"그냥 내버려둬, 로버트. 아무도 사과는 못 받아." 만새가 말했다.

"독일 총리는 바르샤바 게토 기념비에 화환을 바쳤잖아요. 브란트*가 말 그대로 무릎을 꿇었다고요."

"일본이 무릎을 꿇었으면 하고 바라는 게 무슨 소용이야? 대체 뭘 기리면서? 야오한**에 있는 초밥 쥐는 사람들은 우리한테 잘하잖아. 그만하면 충분하다고."

로버트가 몸을 앞으로 수그리며 둥근 식탁 가운데에 있는 다

---

* 독일의 정치인 빌리 브란트를 가리킨다. 1970년, 브란트는 서독의 총리로서 폴란드를 방문해 바르샤바 게토 기념비 앞에서 무릎을 꿇었다. 이 일은 나치 독일이 저지른 2차 대전의 전쟁범죄에 대한 사죄로 받아들여졌다.
** 일본의 대형 유통 그룹. 미국, 중국 등 여러 나라에 대형 할인점을 세웠다.

리를 건드렸다. "브란트는 70년대를 향해 무릎을 꿇은 거예요. 속죄한다는 표지죠. 큰 문제는 많았어요. 그렇지만 앞으로 10년 안에는 독일이 통일하는 걸 보게 될 거예요."

만새는 발목을 꼬았다. "그건 비약이야. 독일은 분열되고 있었다고."

"꼭 정치인처럼 말씀하시네요."

"미테랑하고 콜이 84년에 베르됭에서 손을 잡은 건 잘 알고 있거든."*

"그걸로 다 됐다고 생각하시는 거예요?"

로버트가 양파를 주문했지만, 만새가 취소했다.

"나가야겠다. 너 때문에 골치가 아프다."

"어딜 가나 사람들은 그 브란트 사진을 갖다놓고 있어요. 왜 그런지 아세요? 직접 봐야겠어서 그러는 거예요. 세상의 지도자가 무릎을 꿇은 걸요. 역사에서 제일 중요한 행동이에요."

"일본은 안 그럴 거야. 몇천 년이 지나도 무릎은 안 꿇을 거라고."

두 사람은 찻잔을 만지작거렸다. "백만 년이 지나도 안 꿇겠지."

로버트가 말했다. "아무튼 무릎을 꿇더라도 그걸로는 어림도

---

* 1984년 프랑스 베르됭에서 프랑스 미테랑 대통령과 독일 콜 총리는 베르됭 전투의 희생자들을 기리며 서로 손을 맞잡았다. 이 일은 양국의 화해와 함께 유럽연합의 초석을 닦은 순간으로 평가받는다.

없겠죠. 하여튼 전쟁을 겪어보지 않은 사람들은 전쟁이 언제 시작하고 끝났는지도 잘 몰라요."

"무슨 상관이야? 공산주의자들이 문제였는데."

"북한 사람들은 여전히 일제강점기의 끔찍한 기억을 품고 살아가고 있어요. 그 사람들도 역사상 최악의 융단폭격을 당한 피해자들이에요. 네이팜까지 다 합해서 보면 미국은 2차 대전 때 태평양 작전에서 썼던 것보다 더 많은 폭탄을 북한에다 떨어뜨렸어요. 물론 북한은 식민지에서 벗어난 나라예요. 당연히 세상을 안 믿겠죠. 자기 자식들이 땅바닥에서 녹아갔으니 누구든 증오할 거고요."

"내 자식도 아닌데, 뭐." 만세가 말했다.

로버트가 영수증에 서명을 휘갈겼다. "제 말은요, 진짜 공산주의자들은 개인 벙커에서 안전하게 있었다는 거예요."

"뭘 그렇게 챙겨주는 거야?"

"형님 때문에 이렇게 오래 머무른 거 아니거든요."

만세가 씩 웃었다. "그 종업원 때문에 그래? 너 같은 놈을 받아줄 사람이 있기는 하고? 너랑 같이 붙어 다니다가는 하염없이 사과만 하고 다녀야 할걸."

두 남자가 자리를 뜨자, 나는 식탁 밑에서 빠르게 튀어나갔다. 어머니가 나를 붙잡았는데, 다른 손에 계산서를 들고 있었다. 서명을 마친 영수증과 팁 몇백 달러도 쪽지와 함께 있었다. 나는 나를 다그치는 것도 잊은 어머니를 따라 부엌으로 들어갔고, 어머니가 팁을 진주와 나눠야 한다고 고집을 부리는 소리를 들었다. 어머니는 서른둘이었다. 나는 아주 작은 일로도 어머니의 마음이 어두워지곤 한다는 걸 알고 있었지만, 그날 밤 부엌에서 어머니는 환한 얼굴을 하고서 마치 인생관이 전부 바뀌기라도 한 것처럼 손가락으로 입술을 어루만졌다. 나를 꽉 잡은 손은 느슨해져, 엄지와 다른 손가락으로 내 손목을 겨우 감싸는 게 전부였다.

*

로버트는 냉방이 되는 똑같은 자리에 앉아 담배를 피우며 탁한 캘리포니아 공기에서 잠시 벗어났다. 그러고는 우리 어머니를 불렀고, 어머니는 발걸음도 목소리도 변한 것 없이 음식을 날랐다. 로버트는 의욕을 잃는 일, 무자비한 취급을 받는 일, 책임감도 느끼지 않게 되는 곳에 보내지는 일에 대해 어머니와 이야기를 나누었다. 진주는 팁 좀 그만 나눠주라며 어머니를 꼬집었다. "돈이 없을 때는 생각 없이 나눠주는 법이에요. 그렇지만 부자가 되면 그렇게 했던 걸 다 후회할걸요." 진주가 말했다.

어머니는 내가 처음 듣는 이야기를 여자들에게 했다. 젊었을 적에 고향에서 미군에 맞서 시위에 나갔다는 것이다. 여자들은 깜짝 놀라며 어머니를 쿡 찔렀고, 어머니는 웃음을 터뜨렸다. 그러면서 학생운동을 하는 사람들을 보면, 그리고 로버트 같은 사람을 보면 향수에 젖는다고 털어놓았다. 로버트는 점점 더 자주 찾아왔다. 어느 날 나는 로버트에게 손을 보여달라고 했다. 손끝으로 헨리라고 썼다. 다섯 살이었던 나는 글자를 늦게 깨쳤지만, 로버트는 학교에서 제대로 배우기만 하면 개도 시를 읊을 수 있다고 했다. 로버트가 내게 어떤 글자를 쓰고 싶은지 물었다. 나는 로버트의 이름을 쓰고 싶다고 했고, 그가 내 손바닥에 손가락을 올려놓았다. 자유.

진주가 어머니를 따로 불러 말했다. "로버트는 우리 같은 사람이 아니라는 걸 절대 잊으면 안 돼요. 그 사람은 무서운 사람이라고요." 그런 이야기를 듣고 나는 좀 흥분했지만, 어머니는 나이를 먹어가고 있었다. 나란한 선들이 어머니의 이마를 가로질렀고, 눈은 잘 익은 과일에서 즙이 나오듯 눈물을 짜냈다. 어머니는 집으로 돌아가서 아버지와 함께 쓰는 침실에 들어가 문을 닫았다. 어린 시절은 영영 끝이 난 걸까 싶은 생각에, 나는 문틈에다 대고 어떤 일도 진짜로 일어날 리는 없을 거라고 어머니를 안심시켰다.

*

불은 부엌에서 시작해 서쪽으로 퍼져 식당 앞쪽을 덮었고, 어두운 바깥에서는 조경용으로 심어둔 덤불이 쭈그러들었다. 불꽃이 집어삼킨 식당 간판은 꼭 얼굴에서 튀어나온 혀처럼 지붕

위로 축 늘어졌다. 어머니가 부엌에서 연기가 나는 걸 보았을 때 나는 대기실에 있었다. 요리사 세 명이 튀어나왔고, 어머니가 나를 붙들었다. 같은 구역에 있던 노래방과 비디오 대여점에서 숨이 막힌 직원들이 문으로 달려들어 밖으로 나왔다. 어머니는 바깥에 널브러진 사람이 몇인지 셌다. 불을 끄려던 요리사들은 연기를 들이마시고 폐가 탔다. 처음에는 벌레만 하던 잉걸불이 짐승처럼 커지고 식당을 집어삼켰다. 바람이 달려들어 불꽃이 거세게 춤을 췄다. 소방차가 왔다. 구급차와 경찰차도 왔다. 아무도 말이 없었다. 한 말이 없었다. 멀찍이서 남자아이만 개처럼 으르렁거릴 뿐이었다.

부엌에 있던 식용유와 기름종이 때문에 불이 붙었다는 게 밝혀졌다. 배관, 배기 장치, 가스레인지 뒤에 있는 통풍구가 불꽃을 빨아들이면서 불이 번졌고, 오래 쌓인 기름때를 따라 연기가 올라왔다. 후드며 철제 도구들은 직원들에게 품삯을 충분히 쳐주지 않은 탓에 더러웠다. 직원들은 일을 대충 건너뛰고는 한 병에 2달러인 소주를 마시러 노래방에 갔다. 통치자들은 화재 안전 시스템을 군이 꼼꼼히 청소해두지 않았다. 그러려면 손님 삼사십 명이 와서 호사스러운 저녁 식사를 해야 벌 수 있는 돈을 지불해야 했고, 비원처럼 큰 곳은 비용이 그보다 더 뛰었기 때문이다. 통치자들은 식당에서 나온 각종 폐기물이라는 죄가 기름을 부었던 데다, 이제껏 중에 제일 더운 계절이라서 불이 났다고 했다. 우리를 지켜주실 하느님께 보내는 기도가 통치자들의 입에서 흘러나왔다.

*

비원을 위해 기도하는 미사 때 자리를 지키려고 한 사람은
아무도 없었다. 성당 강당에 있는 텔레비전에서 나오는 서울 올
림픽 개막식을 놓칠까 봐서였다. 성당에 온 사람들은 성찬식 뒤
에 본당을 빠져나왔다. 할머니들은 그제야 기침을 했다. 복사는
여전히 예복 차림이었다. 강당에서는 다들 폭탄주를 부었고 어
린이들에게는 식혜를 따라주었다. 일터가 사라진 어머니는 나
와 함께 나무 바닥에 앉았다. 아버지, 할머니, 그리고 다른 사람
들과 잔뜩 모여 화면 둘레에 반원 모양으로 앉았다. 미사 중 포
도주 잔을 들어 올릴 때보다 지금이 훨씬 더 조용했다. 소방차
가 강당을 가로질러 간대도 집중력이 흐트러지지 않을 정도였
다. 다들 공중에 대고 총이라도 쏘아올린 것처럼 꼼짝도 하지
않았다.

나는 신이 나서 관중이 자리에서 깃발을 흔들고 있는 화면에
집중했다. 잔디 위로는 밝은 깃털이 흩날렸다. 어머니는 무릎에
다 턱을 받친 채 멍하니 화면을 바라보았다. 올림픽은 우리 생
활이 나아질 거라는 상상을 하게 해주었다.

비둘기가 나타났다. 세계 평화를 상징하는 새들이 풀려났다.
새장이 열리면 비둘기들은 아이보리색 날개를 펄럭이며 날아

가야 했다. 모두에게 따스한 기억으로 자리 잡아야 할 터였다. 우리의 꿈이 실현되었다는 증거로서 말이다.

올림픽 성화대 가장자리에 내려앉은 비둘기들이 많았다. 관중은 성화대에 자리를 잡은 정신 나간 새들을 보며 웃음을 터뜨렸다. 나는 그러다 벌어질 수도 있을 어떤 일이 머릿속에 떠올랐다.

"엄마, 보지 마."

"무섭니?"

나는 개막식이 예상대로 흘러가지 않을 수도 있다고 말했다.

"전부 다 그냥 네 상상이야." 어머니가 말했다.

선수들은 성화대를 향해 성화를 들어 올렸다. 불은 무언가를 집어삼킨 만큼만 타올랐다.

불이 성화대 가장자리에 이르러서는 제일 끝까지 퍼졌다. 우리는 숨을 삼키며 비둘기들이 날아올라 열기를 피하기를 바랐다. 그렇지만 비둘기들은 내려앉은 자리를 지켰다. 그림자가 칼날처럼 얇아졌다. 점점 사그라들고 지워지더니, 자취를 감췄다. 강당에 퍼진 날카로운 비명 소리를 들으니 우리가 제대로 봤다는 걸 알 수 있었다. 불꽃 속에서 우리의 꿈은 다른 모양을 띠었다. 고통은 애초에 있지도 않았던 것처럼 아무런 흔적도 남지 않았다. 강당 곳곳에서는 성당 사람들이 서성였다. 관중이 하늘을 쳐다보는 모습을 보니, 사람들이 스스로를 풀어줄 수 없어 기도한다는 것을 알 수 있었다. 비둘기는 지워야 하는 기억이었다. 부드럽게 꼭 맞댄 손바닥 안에서 지워야 하는 기억. 올림픽 성화 점화 이야기를 할 때 비둘기들이 산 채로 불에 탄 일을 떠올리는 사람은 몇 없을 터였다.

*

올림픽이 끝나고 2년이 지난 어느 금요일, 일곱 살이 된 나는 한국 마트 푸드코트에 앉아 있었다. 어머니는 오징어 다리에 반죽을 입혀 튀겨주었다. 로버트가 찾아왔을 때는 손가락을 쓰지 않고도 몇 살인지 말할 수 있었다. 로버트는 짐을 싣고 내리는 곳으로 나를 데려가더니 팔을 뻗어보라고, 하지만 훔쳐보면 안 된다고 했다. 무언가 묵직한 것이 팔 사이 공간으로 들어왔다. 깍지를 껴 가슴팍에 꼭 안았다. 눈을 뜨니 공중에 발바닥을 치켜든 개가 보였다. 고작 5킬로그램밖에 안 나가는 개는 내 품에 딱 안겼다. 귀는 뾰족하고 몸은 통통하고 눈은 반짝이며 털이 짧은 테리어였다. 갈색 눈썹에 검은 털이 난 개에게서는 바다 냄새가 풍겼다. 개는 내게 코를 처박으며 킁킁거렸고, 나는 온 마음을 다해 개를 사랑했다.

로버트는 개를 데리고 왔던 상자를 접어서는 짐 싣는 곳에다 던져두었다. 그러고는 말했다. "나이가 많은 녀석이야. 그렇지만 이 나라에서는 개들이 평생 행복하게 지내지."

나는 개의 널따란 등을 쓸었다. "서로 이야기하는 법을 배우면 돼요." 개는 흡족한 듯이 나를 쳐다보았다.

　로버트는 감명받은 것 같았지만, 조금은 진지하게 나왔다. "그래도 개는 개야. 개가 자기를 개가 아니라고 생각하게 만들고 싶은 건 아니겠지."

　나는 잠시 생각해보았다. "개는 말하지 않고도 얘기할 수 있어요." 그러고는 개에게 얼굴을 가까이 가져갔다. 짐 싣는 곳에서 우리 주변을 맴돌던 먼지는 한때 여자들과 요리사들이 있던 식당이었거나, 공중에서 날개를 퍼덕이던 비둘기였거나, 속삭임과 웃음과 박수였거나, 가스레인지 후드와 화염병이었거나, 소주와 기도였거나, 텔레비전과 사과와 흩날리는 깃발이었다. 우리 주변을 이리저리 오가는 동안, 먼지는 햇빛 속에서 가벼워졌다. 그 모든 희망은 뒤이어 내가 내뱉은 말 속으로 자취를 감췄다. "토토라고 불러도 될까?"

토토

나무 꼭대기에 서리가 내렸다. 토토가 대문 아래로 슬쩍 빠져 나가자 동네 아이들이 쫓아왔다. 그래서 토토는 소년에게 돌아 갔다. 소년은 친절하게도 토토가 나가기 전에 밥을 주었다. 소년의 아버지는 바닥에 밥을 내려두고 시끄러운 상자를 틀었다. 소년의 어머니는 토토에게 말린 생선을 주고 소년에 관해 물었다. 할머니는 토토에게서 달아났지만, 토토는 그걸 눈감아주었다. 문에서 소년의 냄새가 풍기면 토토는 정오라는 걸 알 수 있었다. 소년이 오자 토토는 소년을 와락 밀어뜨렸다. 소년이 토토의 옆구리를 쓰다듬었다. "나도 토토 너처럼 지내고 싶다." 둘은 햇빛이 잘 드는 방바닥에 드러누웠다. 그러다 소년이 몸을 굴렸다. "걱정 마, 토토야. 나한테 다 생각이 있어." 소년은 주머니에 과일을 챙겼다. 냅킨이 블루베리색으로 물들었다.

토토와 소년은 자기들이 종종 토끼와 다람쥐를 잡곤 하는 들판으로 걸어갔다. 둘은 거기서 매를 따라가다 빈 토끼 집에 이르렀다. 말벌을 발견했다. 조심해야 한다는 신호였으므로, 방향을 바꾸었다. 긴 풀줄기를 질겅이며 여우 굴 바깥에서 머물렀다. 소년이 집에서 가져온 블루베리와 칠면조 조각을 나누어 먹었다. 소년은 토토를 지켜보다가 자기도 개처럼 바닥에 음식을 놓고 집어삼켰다.

다람쥐가 나타나자 둘은 벌떡 일어났다. 소년은 동작을 멈추고는 자기들 둘이 방해꾼처럼 구는지 가만히 있는지에 따라 다람쥐 행동이 달라질 거라고 했다. 다람쥐가 둘을 모른 체한다면 그게 곧 칭찬이라면서. 다람쥐는 둘을 지나쳐 달려갔다. 둘은 다람쥐를 따라서 차들이 금속 얼굴을 내미는 곳까지 갔다. 소년은 다시 들판 쪽으로 돌아갔고, 토토가 그 뒤를 따랐다. 소년이 말했다. "거의 잡을 뻔했는데. 심장이 뛰는 게 안 느껴져." 소년은 토토의 가슴팍에 귀를 갖다 대었다. "여깄다. 우리 거 둘 다 안에 잘 있어."

소년은 바위를 찾아 그 위에 앉았다. 종이 한 장을 꺼내 토토에게 보여주었다. "우리는 여기 있어. 이건 오늘 찾은 굴이고. 이게 집으로 가는 길이야. 여기는 차들이 있는 곳이고. 여기는 시장이 있는 광장이야." 소년은 일어서서 눈을 가늘게 뜨고 주위를 둘러봤다. "정확하게 그렸어." 이번에는 종이 방향을 바꿔 과일과 나무와 곤충을 그렸다. "이게 오늘 내가 배운 거야. 나는 네 학생이야, 토토야. 아무거나 가르쳐줘도 돼."

아파트 뒤편에서 소년의 어머니는 소년을 씻기려 했지만, 소년은 토토도 같이 씻어도 된다고 할 때까지 버텼다. 어머니에게 으름장도 놓았다. "토토는 나를 챙겨준다고!"

소년은 칠면조 조각을 좀 더 챙겼다. 둘은 바닥에 앉아 먹었다. 물이 뚝뚝 떨어지는 와중에 소년이 말했다. "이제 알겠다. 이렇게 하면 맛을 더 잘 느낄 수가 있어. 음식이 코랑 가깝잖아. 눈을 감으면 안 먹어도 맛이 느껴져."

어느 날, 소년은 무거운 책 한 더미를 들고 왔다. 위험해 보였지만, 어머니는 그 모습을 보고 기뻐했다.

소년은 동물과 이야기를 나누는 법을 배울 거라고 했다.

소년은 한 페이지를 찢어 주머니에 넣었다. 아파트 앞 인도에 다리를 꼬고 앉았다. 소년이 집중하는 게 토토에게도 느껴졌다.

토토는 그 곁에 머물렀다.

그러자 소년이 고개를 들었고, 토토도 함께 올려다보았다.

"코끼리는 발을 굴러서 얘기를 나눈대. 개구리는 드릴 같은 소리를 내고. 돌고래는 수중 음파를 쓴대."

소년은 땅에다 발을 굴렀다. 입술을 쭉 내밀고 소리를 냈다. 눈을 감고서 손뼉을 쳤다. "알겠어, 나도 알겠다고. 네가 바로 여기 있다는 거 말이야. 토토야, 봐, 나도 너처럼 귀가 두 개고 콧구멍이 두 개잖아."

토토가 소년 쪽으로 돌아눕자, 소년은 이제껏 몰랐던 토토의 한 면을 알아냈다고 했다. 토토는 이렇게 하라고 정해준 대로만 행동한다면서. 그리고 토토를 그런 기대에서 풀어주고 싶다고 했다. 소년은 토토의 진정한 모습을 보았다. 단순히 개처럼 보이려 최대한 가장한 모습을 넘어서 말이다.

소년은 토토 같은 개들이 받는 기대에서 토토를 풀어주고 싶었다. "너한테 너에 관해서 물어본 사람은 하나도 없어. 물론 너는 아무 말도 안 하고 싶겠지. 어쩌면 시간이 너무 오래 흘러서 말하는 법을 까먹은 걸지도 모르고. 그렇지만 토토야, 나는 기다려줄 수 있어. 영원히."

소년이 즐거워하는 걸 보니 토토는 기뻤다.

소년은 책을 덮었다. "뭐 좀 물어봐도 될까? 흠. 어디 보자. 오늘 나랑 보내서 즐거웠어?"

토토가 드러누웠다. 배에 햇빛이 닿았다.

"뭐라고 했어?"

토토는 입술을 핥았다. 피곤했다. 소년을 만났을 때 토토는 이미 나이 든 개였다.

"토토야, 나 사랑해?"

토토는 처음으로 소년한테서 강렬한 감정을 느꼈다. 바깥에 오랫동안 묶여 있던 때의 기분이 떠올랐다. 토토는 소년에게 고개를 기댔다.

"토토야, 네가 있으면 모든 게 다 괜찮아져. 네가 없으면 어떻게 해야 할지 모르겠어. 만약에 도망가더라도 다시 돌아올 거지, 그렇지? 좋은 집이 있으니까 너는 돌아올 거야."

소년은 토토의 발을 잡고는 둘의 그림을 그렸다. 인도 위로 편안한 정적이 내려앉았고, 지평선은 해를 집어삼키고 있었다.

토토는 소년의 얼굴을 핥았다. 소년은 깜짝 놀라 뒤로 나뒹굴며 웃음을 터뜨리고 토토를 들어 올렸다. "너는 항상 나한테 뽀뽀를 하더라. 토토 너도 알고 있었어? 스스로한테는 뽀뽀를 못 한다는 걸, 거울에다 할 때 빼고는 말이야!" 둘은 밖으로 나가 밤하늘 아래서 잠들었다. 그 위로 따스한 공기가 드리웠다. "나는 평생 토토 너를 기다렸어." 토토를 그리워하는 마음을 소년한테서 떼어놓을 수는 없었다. 그 그리움에는 냄새가 있었고, 그래서 토토는 소년을 기억할 수 있었다.

*

소년의 어머니가 차를 몰고 가는 동안 토토와 소년은 뒷좌석에서 놀았다.

차가 멈추고 어머니가 내렸다.

차에는 계속 시동이 걸려 있었다.

토토는 그녀가 건물로 뛰어 들어가며 서두르라고 손짓하는 모습을 보았다. 그러자 소년이 밖으로 나가 문을 닫았다.

차 안에 토토 혼자 남았다.

토토가 창문으로 뛰어오르자, 차 안에서 커다란 찰칵 소리가 났다. 소년이 뒤돌아 토토를 쳐다봤다.

갑자기 소년이 차로 달려왔다. 여름이었고, 토토는 땅에서 피어오르는 열기를 볼 수 있었다.

"토토야!" 소년이 차 문을 열려고 했다.

소년의 어머니가 나타났다.

"토토가 안에서 문을 잠갔어!"

"세상에나." 어머니는 소년을 옆으로 잠시 떼어놓았다.

그러더니 다시 서둘러 건물로 들어갔다. 소년은 창문을 쿵쿵 내리쳤다.

토토는 정신이 쏙 나가서는 앞좌석과 뒷좌석을 오가며 뛰어다녔다.

"토토야, 뛰어다니지 마! 그냥 가만히 있어!" 소년이 말했다.

소년이 로버트라고 부르던 남자가 건물에서 급히 나왔다. "소방서가 끊지 말고 잠시 기다리라고 했어요."

소년의 어머니가 남자에게 물었다. "토토가 얼마나 버틸 수 있을까요?"

"기껏해야 몇 분일 겁니다. 헨리한테 차에서 기다리라고 했어야 했는데."

"보통 애가 아니어서요. 하고 싶은 건 해야 직성이 풀리니까." 어머니가 말했다.

토토는 앞좌석을 빙빙 돌다가 누울 자리를 찾았다.

창문 너머로는 남자가 서서 문을 만지작거렸다.

토토는 남자를 향해 짖었다. 소년이 울음을 터뜨렸다. "토토는 털이 두꺼워요. 저한테도 너무 더운데, 토토는 안에서 타는 것 같을 거예요."

토토는 소년을 쳐다보고, 문을 쳐다봤다.

남자가 땀을 흘리며 소매를 걷어 올렸다.

잠시 뒤, 남자가 웃었다. "됐다."

그러자 토토가 창문으로 다시 뛰어올랐고, 그와 동시에 차 안에는 커다랗게 찰칵 소리가 울렸다.

"뭐지?" 소년의 어머니가 소년을 놓았다.

"토토가 직접 문을 열었어." 소년이 말했다.

남자는 문을 열고 토토의 목덜미를 잡아 끄집어냈다. 토토는 혼자 힘으로 서지 못했다.

소년은 토토를 건물 안으로 데리고 들어갔고, 시원한 물을 한 사발 가져왔다. 그러고는 11분이 지났다고 토토에게 말해주었다.

남자는 토토를 향해 환호성을 질렀고, 소년은 웃음을 터뜨렸다.

"소방차는 그냥 돌려보내죠." 남자는 셔츠를 벗었다.

소년의 어머니는 남자에게 고맙다고 했고, 소년도 인사를 했다.

소년이 토토를 마구 쓰다듬었다. "너무 무서웠어, 토토야."

남자가 말했다. "이 개가 영원히 살 수는 없어. 엄마가 그러시는데 문제가 많다면서."

"토토는 착한 개예요. 자기 목숨을 직접 구했잖아요."

"그러니?" 남자는 얼굴을 문지르고는 웅크리고 앉아 토토에게 말했다. "너 오래 살아야겠다. 착한 게 아깝잖아."

*

차가운 계절이 찾아왔다가 물러간 어느 날 아침, 토토는 인도
에서 조용한 자리를 찾아냈다. 그저 머무르면서 고요히 숨을 쉬
고 가만히 누워 있을 수 있는 곳이었다. 토토는 이래야 마땅하
다는 걸 늘 알고 있었다. 소년의 어머니가 토토를 발견하고는,
하얀 방으로 데려갔다. 사람들은 다른 개들이 찢어놓은 깔개가
있는 우리에 토토를 집어넣었다. 토토는 지쳐갔고, 마음만 먹는
다면 잠을 잘 수도 있었다. 그리고 그렇게 하려고 했지만, 아직
소년을 보지 못했다.

소년의 아버지가 찾아와 토토를 다른 하얀 방에 데려다 놓았
다. 더 넓고 밝은 방이었다. 사람들이 토토를 탁자에 올려두었
다. 거기서 토토는 소년을 기다렸다. 사람들이 토토의 눈앞에다
무언가를 가져다 놓았지만, 토토는 그런 데는 전혀 관심이 없었
다. 시간이 더 흘렀다. 토토는 정오가 될 때까지 기다렸고, 그러
자 소년의 어머니가 다시 나타났다.

사람들이 말했다. "앞에 놓인 물건에 시선이 따라가는지 봐
야 해요. 관심을 보이는지, 아니면 그냥 있으면서 우리를 쳐다
보지도 않는 건지를요."

문가에 소년이 나타났다.

토토는 처음으로 눈을 들었다. 소년이 토토를 바라보았다.

사람들이 말했다. "이런 일은 작은 개들한테서는 정말 빠르

게 일어납니다. 사소한 신호들이 있는데요, 그걸 눈치챌 때쯤엔 되돌리기가 어렵죠."

소년의 어머니가 토토를 안아 올렸다. "정말 미안하다, 토토야."

토토는 편안했다. 소년의 어머니와 눈을 맞췄다.

어머니가 말했다. "몰랐어, 토토야. 그렇게 많이 걱정하지 말걸 그랬어. 나 대신 우리 아들을 사랑해줘서 고맙다고 했어야 했는데."

그녀는 소년에게 토토를 넘겨주었다.

소년은 어머니와 다른 사람들을 하얀 방에 남겨둔 채 토토를 차로 데리고 갔다.

소년은 넋이 나가 있었다. 무릎에 토토를 앉혔다. "냄새가 토토 너 같지가 않아. 조금 신 냄새가 나." 토토의 머리는 소년의 팔에 편안히 놓여 있었다. "전부 다 고쳐줄 수는 없대. 네가 우리랑 같이 있겠다고 마음을 먹어야 해. 토토 너도 여기 있고 싶지, 그렇지?"

졸음기가 처음으로 토토의 눈을 건드리며 내려앉았다.

"나한테는 너뿐이야." 소년은 몸을 떨기 시작했다.

토토의 숨이 느려졌다. 털이 갈비뼈로 가라앉았다.

이제 소년은 받아들이는 것 같았다. 토토는 자신이 오래전에 받아들였던 것을 소년도 스스로 보았으면 했다. 토토가 받아들일 수 있었으니, 소년도 분명 받아들일 수 있을 것이다.

"토토야, 가지 마. 제발 여기 있어." 소년이 토토를 꽉 끌어안 았다. "이건 진짜가 아니야, 토토야. 토토 너한테 진짜로 일어나 는 일이 아니라고."

여기에 둘은 함께 있었다. 바라보는 눈과 진중한 귀가. 여기 바깥에서, 차고와 들판에서, 차와 방에서, 둘이 함께 보낸 여 러 달이, 그리고 서로를 비추는 반영으로 연결된 하나의 호수 인 듯, 한쪽의 안에 다른 한쪽이 숨어 있는 듯, 서로를 어루만지 던 눈길이 있었다. 여기서 둘은 길을 따라 달리고 신호등을 지 나 들판을 따라 나 있는 샛길 쪽으로 꺾어 갔다. 여기서 둘은 나 방과 닫힌 우물과 유리병을 셌다. 여기서 둘은 개미 발걸음 소 리를 들었다. 여기서 둘은 나뭇잎 더미를 옷으로 삼고, 빛이 닿 지 않게 피했다. 여기서는 소리는 가셨어도 여전히 세상을 바라 볼 수 있었다. 여기에 둘의 진취성과 어리석음이 자리 잡고 있 었다. 여기서 소년은 마음에도 없는 소리를 했다면서, 그러니까 토토가 어떤 기분이었는지 전혀 몰랐다고 말하며 울었고, 토토 는 제 가슴에서 그 기운을 알아챘다. 여기서 소년은 토토를 사 랑한다고 말했는데 그건 너무나 명백한 사실이었기에, 다시 말 하지 못할 때를 대비하려는 게 아니라면 굳이 입 밖으로 낼 필 요도 없었다. 여기서 둘은 아주 작은 일상으로 속도를 늦추어, 서로의 숨이 들고 나는 것을 확인했다. 둘이 함께 묶여 지내는 것이 일상이었으므로.

여기서 토토는 둘이서 나눈 진정한 상상의 산물이 지닌 끝을 보여줄 생각이었다. 죽지 않는 몸은 몸이 아니며, 토토는 소년보다 앞서 또 다른 길을 나서게 되어 기뻤다. 소년의 어머니가 돌아오기 전, 토토는 눈을 뜨고 있었다. 텅 빈 눈길이었다. 둘이 어떻게 만났는지를 소년이 직접 볼 수 있도록, 그렇지만 한편으로는 토토가 달라졌다는 걸 볼 수 있도록 말이다. 토토의 흐릿한 각막이, 깜빡이지 않는 눈이, 고요함이 공기를 집어삼켰다. 지금 토토는 쥐와 매와 토끼와 여우와 곤충과 과일과 태양이 있는 들판에 있었다. 토토는 둘이 함께 열어보았던 올빼미 펠릿*에 있었다. 토토는 뼈고 부리고 털이었다. 토토는 둘의 밝고 호기심 어린 기쁨이었다. 둘에게서는 아무것도 앗아갈 수 없었다. 들판과 농장과 동물 들은 사라질 수도 있었다. 둘이 너무나 잘 알던 먼지가 빠르게 날아갈 수도 있었고, 쥐가 흩어질 수도 있었고, 거미줄이 이 방 저 방을 채울 수도 있었다. 여기서 토토는 바란 대로 소년과 한 몸이 되었다. 토토는 소년을 위해 영원히 기다릴 수도 있었으므로.

---

* 조류가 먹이를 통째로 삼킨 다음 소화시키기 힘든 털뭉치나 뼈 등을 뭉쳐 뱉어낸 덩어리.

6

인숙
1992년, 밀피타스

우리 타운 하우스는 바로 붙어 있는 옆집보다 더 튀어나왔고, 주택단지의 두 번째 과속방지턱이 있는 길거리에 면한 채 길고 좁은 사물함처럼 서 있었다. 폭염과 지진을 거치며 거의 10년을 살았던 침실 한 개짜리 아파트에서 6킬로미터쯤 떨어진 곳에 있는 신축 타운 하우스였다. 현관 옆에 있는 유리창으로 빛이 들어와 흩어졌다. 거실에는 수수한 갈색 카펫이 깔려 있었다. 벽마다 해가 드는 창이 나 있었다. 나는 눈을 가늘게 뜨고 부엌과 식당 쪽으로 갔다. 가스레인지, 싱크대, 벽에 붙여둔 반원 모양 식탁이 있었다. 한낮이 되면 붉은색 바닥이 밝게 빛나는 부엌에서 파티오로 나갈 수 있었다. 거기다 후란은 우유 상자를 늘어놓고 알로에와 장미를 심었다. 모두가 잠든 뒤에 내가 혼자 시간을 보내러 파티오로 가면 귀뚜라미 소리가 나무를 긁었고, 파티오의 콘크리트판은 달이 내게 보내는 스포트라이트를 반사했다. 나는 서른다섯이었다. 12주째라 배가 부푼 모습이 눈에 띄지는 않았을 거다. 내 아이는 아직 달걀 크기만 했다.

우리는 2층짜리 타운 하우스를 골랐다.

우리 침실은 다 2층에 있었다. 2층에는 방이 세 개 있었다. 내가 성호와 쓸 방이 하나, 그리고 헨리와 후란이 쓸 방이 각각 하나씩.

계단을 조금 올라가 왼쪽에 있는 욕실에는 다리를 뻗을 수 있는 욕조가 있었다. 욕실과 같은 편에 큰 창이 있는 큰방이 있었다. 사생활이 보장되는 방이었다. 오른편에는 얇은 벽을 사이에 두고 그보다 크기가 작은 방 두 개가 붙어 있었다.

벽을 공유하니, 성호와 헨리와 내가 오른편에 있는 방을 쓰는 게 마땅했다. 그러지 않으면 기침을 하거나 방귀를 뀌어도 후란이 속속들이 알 테니까. 내 마음속에서는 남편과 아내의 사생활 역시 가장 중요하게 지켜야 하는 것이었다. 거리가 있으니 후란과 내가 성호와 보낸 첫날 밤의 당혹스러운 기분을 다시 겪을 필요는 없을 터였다. 헨리는 아홉 살이니 부모는 신경 쓰지 않을 거고. 또 후란이 맞은편 방을 쓴다면 내가 우리 집에서 수시로 고개 숙여 인사하지 않아도 되니 그 점도 안심이었다.

이사 날, 후란은 이 방 저 방을 오갔다.

"나한테 이 집에서 제일 큰 방을 주는 거니?"

"그게 모두에게 좋으니까요." 내가 말했다.

후란이 나를 멈춰 세웠다. "나는 작은방을 쓰련다."

큰방이 대체 어디가 불만인 건지 알 수 없었다. 후란에게 공간을 내어주려고 기껏 큰방을 포기했는데 말이다. "서로 꼭 붙어 지낼 필요 없잖아요. 가운데에 복도도 있고요."

후란은 작은방 사이에 멈춰 섰다. "너랑 성호가 작은방 하나를 먼저 골라라. 내가 남는 걸 쓸 테니."

나는 큰방을 떠올렸다. 동쪽으로 난 창문에서는 파티오가 살짝 내려다 보였다. 작은방 두 개는 창이 서쪽으로 나 있어, 차소음이 들리고 언덕배기에 새로 짓고 있는 공사 현장이 보였다.

내가 말했다. "큰방이 따로 떨어져 있고 편한 침대도 들이기 좋겠네요. 괜찮으시면 저희가 큰방을 쓸게요." 큰방을 쓰면 복도 하나를 두고 후란과 헨리와 떨어져 지내니 사생활이 보장될 터였다.

후란이 말했다. "우리를 갈라놓는구나. 나를 혼자 두려는 게지."

몇 년 동안 우리는 날 선 시선을 주고받으며 지냈는데, 지금 이렇게 작은방 문 사이에 서 있는 그녀는 꼭 어린아이 같았다. 빛을 받아 얼굴에 주름 한 점 보이지 않았다.

나는 조목조목 이유를 댔다. "자기 어머니랑 벽 하나를 사이에 두고 지내면 헨리 아빠가 남편 노릇을 할 수가 없잖아요."

후란이 큰방으로 걸어 들어갔다. 우리는 창밖을 내다보았다. 타운 하우스 파티오에는 저마다 빨랫줄을 걸고 침대 시트와 옷을 널어두었다. 이웃들이 식물 위로 물뿌리개를 들고 오갔다.

"아들한테 가려고 네 주변을 둘러가야 하는 건 사양하마." 그녀가 말했다.

후란은 마치 동물의 주의를 끌려는 것처럼 발로 바닥을 굴렀다. "내가 처음부터 너한테 너무 잘해줬구나. 네가 임신하고부터는 성호가 늦게까지 일을 하니 내키는 대로 해도 되겠다고 생각하나 본데. 어쩌면 성호를 설득해서 제 어미가 살 곳을 따로 찾으라고 한 다음에 끝내는 나를 집에서 내보낼 생각을 하고 있을지도 모르고 말이야."

내 눈썹이 하늘로 치솟았다.

후란이 성호와 가까이서 지내길 바란다는 건 이미 알고 있었다. 거기에다 방금 한 말을 보면, 내가 성호와 가깝게 지내는 것도 그리 달갑지 않은 듯했다. 우리 둘을 다 잃을까 봐 두려워서 말이다.

후란은 나를 따라 아래층으로 내려왔다. 비좁은 부엌에 함께 서서 후란이 찬장으로 나이 든 손가락을 뻗는 모습을 보다 보니, 그녀가 얼마나 작아졌는지 깨달았다. 어머니는 후란보다 훨씬 키가 컸는데. 곧 헨리가 학교에서 돌아올 시간이라 간식을 준비했다. 쌀을 씻고 물에 불렸다.

나는 프라이팬을 꺼내 달걀 두 개를 깨 넣었다.

후란은 계속 중얼거렸다. "네가 성호 아내랍시고 혼자 뿌듯해하는 모양이구나. 그렇지만 사부인께서 살아 계셨다면, 시어머니 앞에서는 아내 같은 건 아무것도 아니라고 하셨을 거다."

나는 심호흡을 하고 어깨를 늘어뜨렸다. "애 아빠가 돌아오면 물어보는 게 어떨까요?"

"아들 없이 며느리만 있는 건 불 없는 아궁이나 다름없지."

세 번째 달걀은 제풀에 금이 갔다.

껍질을 깨다가 하마터면 바닥에 떨어뜨릴 뻔했다. 후란이 달걀을 살펴보다가 비명을 지르며 펄쩍 뛰었다. 껍질 안에는 다 자란 병아리가 웅크리고 있었다.

*

타운 하우스에 헨리와 후란을 남겨두고 길을 나서며, 기억하려고 애쓰는 사람처럼 발가락과 손가락을 세어보았다. 엘 카미노에 있던 비원에서 1킬로미터 넘게 떨어진, 내가 일하는 슈퍼마켓으로 차를 몰고 갔다. 가게의 창문 네 개가 어렴풋이 보였다. 창문은 닫혀 있었고, 안은 컴컴했다. 입구에 있는 빨간 카펫은 과일 가죽을 돌돌 말아둔 것 같았다. 하얀 세간이 여기저기서 빛을 발하며 구석에 다다랐고, 창고에서 짐을 싣는 자리까지 공간 전체로 퍼졌다. 식재료와 주방용품, 천과 전기담요, 비디오카세트와 문구가 탑처럼 쌓여 있었다. 천장은 비스듬히 기울어 있었고 기둥이 훤히 드러나 보였다. 통로를 따라 냉장고가 웅웅거리는 소리가 났다. 식품 코너에 누군가 서 있었다.

로버트는 나보다 두 살이 많았지만, 청바지에 티셔츠를 입으니 20대 같아 보였다. 그는 몇 년 동안 그저 다른 것 없이 곁에 있게 해달라고만 했다. 우리 관계는 순수했다. 로버트가 양복을 입지 않은 모습은 본 적이 없었다. 처음에는 흐릿하고 형체가 뚜렷하지 않은 사람으로만 보여서, 꼭 겨울에 피어난 꽃처럼 거기 서 있는 로버트를 보고는 깜짝 놀랐다. 너무 놀라서 목소리도 안 나왔다. 그는 눈에 띄지 않을 만한 안쪽으로 나를 데리고 갔다. 몇 년이 흐르는 동안, 그가 가까이 있는 데에 익숙해졌다는 걸 깨달았다.

"당신인 줄 알았어요." 로버트가 말했다.

내 셔츠가 허리에 들러붙었다. 증류된 빛 아래서 나는 카운터의 둥근 의자 위에 앉았다.

로버트는 뭔가 잘못되었다고 느끼는 것 같았지만, 결코 서두르지는 않았다. 마치 스스로 선택한 길인 것처럼 움직였다. "만새한테서 이곳을 사들였어요. 내킬 때면 언제든 들르죠."

"평소에 투자하던 데와는 다르네요."

"당신은 일터 말고는 갈 데가 없잖아요, 안 그런가요?"

나는 조용히 입을 다물고 그가 그라인더를 조작해 원두를 가는 모습을 지켜보았다. 그는 커피 양을 재고 포터 필터에 있던 커피 찌꺼기를 털어낸 다음 커피를 꾹꾹 눌러 담고 기계에 끼워넣었다.

"헨리 아버지를 어떻게 생각해요?" 내가 물었다.

질문이 그의 흥미를 끈 것 같았다. "성호 씨 말이에요?" 그가 수압을 조절하자 짙은 갈색 에스프레소가 선을 그리며 추출되었다. "부부 싸움은 칼로 물 베기라고들 하죠. 어떤 일이 일어나건 간에 다시 예전처럼 돌아가요. 아무 일도 없었던 것처럼."

로버트가 우유를 붓고 내게 컵을 건넸다. 그러고는 커피를 홀짝이며 나를 바라봤다. 그의 관심이 내뿜는 빛이 느껴졌다.

그가 말했다. "성호 씨는 자의식이 없어요. 자기가 해야 할 일만 생각하죠. 그 사람에게 세상은 흑백이니까요. 평생이 걸려도 깨달을까 말까일 거예요."

"성호 씨는 일을 안 할 때면 텔레비전만 봐요."

"텔레비전이 왜 발명된 건지 알아요?" 로버트가 카운터에 팔꿈치를 올려놓았다. "대통령들이 직접 사과하려고요. 해상도가 워낙 높아서 그 사람들 눈물까지 보일 정도죠."

냉장고 소리가 한층 요란해졌다.

로버트가 주머니에 손을 찔러 넣더니 내 립스틱을 꺼냈다. "저 밖에 있는 앞치마에 넣어두고 갔던데요."

나는 마지막 남은 커피를 비웠다. "립스틱을 안 바르면 생기가 없어 보여서요. 장의사가 보기에는 딱일지도 모르죠."

로버트가 뚜껑을 열었다. 몸통을 돌리며 립스틱을 꺼냈다.

그러고는 고개를 내밀라고 손짓했다.

그는 내 턱을 붙잡고 입술 안을 채웠다. 나는 양 입술을 꽉 다물었다. 아랫입술 가장자리를 로버트가 깔끔하게 정리해주었다.

그가 말했다. "성호 씨만 그런 건 아니에요. 보이지 않는 경계가 우리나라를 가르고 있다는 사실. 그것 때문에 세상이 흑백이 되는 거죠. 그래서 성호 씨가 집에서조차 반으로 갈라져 있는 거고요."

로버트는 1980년에 매매업을 하러 엘 카미노에 왔고, 비슷한 생각을 지닌 사람들을 모았다. 무소속으로 시장 선거에 출마해 6위를 했고, 활동가와 망명자, 또 그 가족 들을 위한 일간지 〈해방신문〉을 창간했다. 지면에서는 역사학자, 철학자, 수상 들이 설전을 벌였다. 하나 통일은 맞추기 불가능한 직소 퍼즐 같았다. 그가 말했다. "선이 존재하기만 해도 그 사실이 나머지 세계에 영향을 끼쳐요. 우리의 비인간성을 증명하는 거죠. 통일은 여기 우리부터 시작할 수 있어요."

내가 말했다. "그렇지만 여기 온 사람들은 자기들끼리도 안 좋아하는걸요. 고향으로 돌아간다면 친구로 지내지는 않을 거예요. 여기서는 친구가 되어야 하니까 그럴 뿐이죠. 모두 가족처럼 지내야 하니까요. 가족을 고를 수는 없는 노릇이고요." 나는 열어보지 않은 봉투를 살피듯 그를 바라보았다. "통일을 하겠다는 생각은 우리 아버지 같은 사람들과 함께 죽었어요. 그렇게 죽은 채로 두자고요."

"통일을 다른 방식으로 상상해볼 수도 있어요. 한 나라에, 두 체제요." 로버트가 손가락을 들어 올렸다.

"성호 씨는 당신 같은 사람들이 또 다른 전쟁을 일으킬까 봐 두려워해요. 통일이 정확히 뭔지 모르겠어요. 이미 모호해졌고,

과연 사람들이 통일을 바라는지가 이제는 더 큰 문제잖아요. 범죄자들을 통합하기가 더 쉽죠. 그 사람들은 자기들이 뭘 원하는지도 잘 알고, 그걸 이루려고 힘을 합치니까요. 저한테는 그게 더 납득이 가요."

로버트의 표정이 부드러워졌다.

그는 컵을 비우고는 카운터 뒤편으로 오라고 손짓했다. 그를 따라서 전신 거울 앞으로 갔다.

로버트가 등을 드러내라고 했고, 나는 그렇게 했다.

그가 가만히 있으라고 했다.

내가 말했다. "저는 그냥 기다리기만 했어요. 상황이 더 좋아지거나 나빠지기를, 행복해지거나 슬퍼지기를요. 그러다 어느 날 눈을 떠보니 더 이상 기다릴 게 없는 거예요. 아무것도요. 제가 기다려왔던 건 이미 저를 지나쳐 간 거죠." 여기까지 말하고 숨을 들이마셨다. "너무 고집스럽게 기다리기만 하다 죽겠다 싶었는데 말이죠. 사람에게는 뭔가 남겨둘 만한 게 있어야 해요. 근데 저한테는 아무것도 없어요. 아무것도 없으니 잃을 것도 없네요."

로버트가 말했다. "음, 언제든 여기에 와도 돼요." 전에 로버트가 돈을 지원해주겠다고 했지만, 내가 거절했다. 내가 의지하기를 기대하게 만들어서는 안 된다. 그렇지만 그는 이런 건 걸림돌이 안 된다는 듯이, 이제 마치 자기 아이를 보는 듯한 눈으로 내 배를 바라보았다. "당신 때문에 여기를 사들였는걸요."

"제가 여기 오기 싫다고 하면요?"

그가 웃음을 터뜨렸다. "한국인들은 사람들의 끔찍한 면마저 사랑하죠. 우리는 다른 점을 사랑해요."

로버트가 립스틱으로 등에 그림을 그렸다.

내 시선은 등 위로 굽어가는 선을 따라 떠돌았고, 그의 손은 립스틱을 단단히 쥐었다. 무언가 불순한 기분이 들어 뼈가 떨렸다. 신음을 내뱉자 그가 그리는 선이 잠시 멈췄다가 다시 이어지는 게 느껴졌다. 그가 말했다. "남북의 경계는 사람들이 멋대로 그은 선이에요. 자연스러운 경계가 아니죠. 인위적으로 만들어져 유지되고 있는 거예요. 실제로는 존재하지 않아요."

로버트가 그림을 끝맺고 가장자리를 깔끔하게 정리했다.

몸을 틀어 거울을 보니, 저도 모르게 탄성이 터져나왔다.

그림은 등 전체를 덮고 있었다. 선명한 붉은 선이 어깨 사이에서 시작해 오른쪽 옆구리로 뚝 떨어지며, 허리춤과 엉덩이를 감쌌다. 위엄을 입은 여자의 모습을 어깨 너머로 바라봤다.

"호랑이네요." 내가 말했다.

로버트가 고개를 저었다. "위쪽에는 산과 평원이 있고, 아래로는 물줄기와 항구가 있어요. 한국이에요."

숨이 턱 막혔다. "아름다워요."

"남한은 북한을 재건할 생각이 없어요. 북한은 남한을 믿지 않고요. 그렇지만 둘 다 한때는 한 나라였죠. 문화와 언어를 공유하는 사회였고, 그게 우리 사회였어요." 그가 말했다.

"그러니까 이건 지도군요."

그가 내 턱을 건드리며 거울 더 가까이로 이끌었다. 내 숨결이 훤히 보였다. "아뇨, 깃발이에요."

나는 내 몸을 어렴풋이 빛나게 하고 움직이게 하는 곡선에서 눈을 뗄 수가 없었다. 그가 거울 속 나를 물끄러미 바라보았다.

그가 말했다. "모든 나라는 내전을 벌일 권리가 있죠. 제가 두려워하는 건 죽음이 아니라 끝을 부정하는 일이에요."

시간이 지나고, 로버트는 내게 다시 옷을 입혀주었다.

왠지는 몰라도, 로버트가 내 등을 덮지 않았으면 했다. 셔츠가 갑갑하게 달라붙었고, 거울 속에 있는 내 쌍둥이가 그리웠다. 이제는 분명 가능할 무언가를 마주할 수도 있었을 모습이. 문을 나서는데 몸이 떨렸다. 입술에 발린 립스틱은 그대로 남아 있었다.

*

성호는 일터에서 쓰는 묵직한 열쇠 꾸러미를 돌리며 계단 위쪽에 서 있었다. 작은방 쪽으로 고갯짓을 했다. "우리가 작은방 하나를 쓰자."

그 뒤에서 후란 목소리가 들려왔다. "네가 없을 때 쟤가 뭐라고 했는지 좀 들어봐라."

나는 사생활을 누릴 수 있으니 반대편에 있는 방을 쓰고 싶다고 성호에게 말했다. 성호가 이해해주기를 바라며 이유를 확실하게 댔다. 그게 예상치 못한 효과를 냈다. "내가 결정했잖아." 성호는 칠판 앞에서 분필로 가리키는 선생님처럼 열쇠를 들고 방을 가리켰다. "작은방을 쓰고 싶다고."

"정말이야?" 내가 물었다.

후란은 내가 뻔뻔스럽게도 말싸움을 건다고 했다.

성호는 보통 자기 어머니에게 그만하라고 말리지 않지만, 이번에는 그만하라고 했다. 그러고는 내게 말했다. "너는 온종일 어머니랑 지내잖아. 너랑 어머니한테는 서로밖에 없다고. 어머니가 지내고 싶은 방 쓰시게 하자, 인숙아. 이번 한 번은 그렇게 하면 안 돼?"

내가 딱 잘라 말했다. "그러면 당신이랑 어머님이 작은방 써. 나는 헨리랑 같이 큰방 쓸게."

어둠 속에서 당겨진 방아쇠처럼, 아무런 조짐도 없이 성호의 표정이 돌변했다. "무서운 줄도 모르고 말을 막 하네. 너 지금 생각도 없이 말하고 있다고. 너 때문에 내가 힘들어졌잖아. 네 말이 씨가 되는 거야."

성호는 내 행동 하나하나가 결국 내가 책임을 져야 하는 일이라고 경고했다.

후란이 조용해진 것이 위험을 알리는 첫 번째 신호였다. 자기 남편에게 자주 맞았으니 분명 잘 알고 있을 터였다.

등에 그려진 선이 셔츠 안에서 꿈틀대며 감겨 들어왔다. 나는 계단을 올라갔다. "당신은 그럼 농부가 되는 법을 배워야겠네."

성호가 뒤로 물러나더니 팔에 힘을 주어 열쇠들이 달린 고리를 내게 단숨에 내던졌다. 내 오른쪽 허리에 세게 맞는 바람에 열쇠가 바닥에 미처 떨어지기도 전에 산산조각이 난 것 같았다. 곧바로 관절 부위가 부어올랐고 피가 흘렀다.

후란은 복도로 물러났다.

성호가 얼굴을 일그러뜨리며 내 쪽으로 달려왔다.

끔찍한 것까지 사랑하는 것이 한국인이라면, 이런 걸 사랑이라고 하는 게 한국인이라면 아마 나는 미국인인 모양이다. 후란은 성호의 화를 돋운 내 잘못이라고 했다. 오른쪽 옆구리가 아파 눈을 감았고, 다시 눈을 떴을 땐 성호와 후란의 그림자가 곁을 떠난 뒤였다. 바깥세상의 삶이 점점 더 견디기 힘들어질수록, 나는 더더욱 내면에서 아름다움을 발견해갔다. 마치 지금처럼, 내 위로는 라일락 정원이 허리께부터 휘어져 있었다. 만약 내 표정을 보았다면, 내가 포기할 수 있었다는 걸 누구도 믿지 못했으리라. 그 무엇도 더는 내게 상처를 줄 수 없었으므로. 나는 우리 어머니와 아버지와 호랑이가 돌보는 정원 한가운데서 빛나는 빛이 되었다.

*

옆구리 아래쪽에 흉한 멍이 들었다. 성호와 후란은 그 일이 내 배 속에 있는 아이에게 끼칠 위험은 입에 올리지 않았다. 생각만으로도 너무 끔찍할 정도였으니까. 그러고 불과 며칠 만에 나는 하혈하기 시작했지만, 아무도 두 사건을 연결 지으려 하지 않았다. 성호는 성당 사람이 주었다는, 외국에서 쓰는 약을 가져다주며 나머지를 정리해버리려 했다. 나는 욕실 문을 잠그고 들어가 욕조에 몸을 뉘었다. 눈에 보이지 않는 벼락이 내 몸에 떨어지며 내리 몇 시간 동안 골반을 때려댔고, 나는 손톱으로 욕조를 후벼파다가 주먹 두 개쯤 되는 회색 덩어리를 밀어냈다. 후란은 또 다른 입을 먹여 살릴 형편은 안 된다고 말했고, 나도 같은 생각이었다. 헨리를 보자, 마치 헨리를 없애버린 것 같은 기분이 들었다. "그땐 내가 제정신이 아니었어." 성호가 말했다. 그러고는 이리저리 맴돌다가 꼭 쥐구멍이기라도 한 듯이 세탁소로 모습을 감췄다.

그래서 나는 거리가 바라다보이는 작은방에서 생활했다. 일출이 내 것이었고, 인도 위를 지나는 아이들 발소리도 마찬가지였다. 길이 자두나무 잎으로 알록달록해졌다. 창문에는 나방이 내려앉았다. 바닷가에 생기는 웅덩이처럼 빛이 천장에 무늬를 냈다. 비 오는 날에는 차양이 낮게 늘어졌다. 헨리는 복도 저편 멀리에 있었고, 나는 신경 쓰지 않았다. 밤이 되면 가로등 불빛이 창틀에 떨어지며 만드는 정확한 직각에 감탄했다. 스프링클러를 켜면 귀뚜라미는 더 요란하게 울어댔다. 나는 덩어리 같은 몸을 끌고 이불 속으로 들어갔다. 인생을 가르는 화살촉처럼 시간이 날아갔으면 했다. 유산을 한 이틀날 아침, 후란이 내게 가장 먼저 한 말은 이랬다. "너도 더 나이가 들면 알겠지만, 그 애는 내 자식이다. 어미 마음은 접을 수가 없는 거야."

*

3주 뒤, 붉게 물든 층층나무가 햇빛을 받아 끄트머리가 불꽃처럼 타오르던 무렵 타운 하우스를 나섰다. 그리고 슈퍼마켓으로 성큼성큼 걸어 들어가 뒤쪽 방으로 갔다. 물이 담긴 양동이, 가격 라벨기, 고무로 된 앞치마가 선반에 널브러져 있었다. 직원이 나를 알아보았고, 1분도 채 지나지 않아 로버트가 입구에 모습을 드러냈다.

로버트가 말했다. "얘기 안 해도 돼요. 그냥 몇 가지만 물어볼게요. 0은 전혀 아니라는 뜻이에요. 3은 자주라는 뜻이고요."

나는 고개를 끄덕였다.

"혹시 위험한 상황이에요?"

"2."

그가 내 배를 쳐다봤다. "성호 씨가 그랬어요?"

"2."

"아이를 잃어서 안타까워요?"

"2."

"도망갈 생각을 하고 있어요?"

"3."

"안전해질 수 있을까요?"

"0."

"헨리 때문에 걱정이에요?"

"1."

"내 생각을 하나요?"

"2."

"내가 올 거라는 걸 알고 있었어요?"

"3."

"내가 도와줬으면 해요?"

"3."

"나를 원해요?"

"3."

나는 두 번째로 옷을 벗었다. 아이를 잃고 나서도 여전히 둥
그런 어깨와 배와 다리를 공기가 쓸어내렸다. 창턱에는 빛이 가
득한 꽃병이 자리 잡고 있었다. 그저 내버려둔 식물도 아무튼
간에 꽃을 피운다는 듯이. 차가운 의자의 윤곽을 느끼며, 보통
때는 감춰져 있는 경계를 짚어달라고 했다. 이번에는 모든 곳을
다 짚어달라고. 로버트는 떨리지 않은 손으로 내 입술부터 시작
했다.

7

우키시마호
1945년, 마이즈루

로버트의 어머니는 열여덟 나이에 자기 아버지를 떠나보낸 뒤 아버지 이름인 고일을 자기 이름으로 삼았다. 일본 병사들이 제주도에 있는 자기 집 문을 두드리지 못하도록 말이다. 일본이 지배하던 1943년 한국, 고일은 일본 북부 오미나토에서 벌어지는 전쟁 작전에 동원되었다. 자유로운 신분인 일본 노동자들과 함께 일하며, 그녀는 공군 기지 건설 현장에 배치되어 일본 노동자들에게는 할당되지 않는 위험한 일을 맡았다. 고일은 뼈만 앙상한 화석 같았고, 남자들과 분간이 되지도 않았다. 한국인 노동자들은 고작 화장실 몇 개 정도 넓이밖에 안 되는, 길이 5미터쯤에 폭은 2미터밖에 안 되는 판잣집에서 지냈다. 기본적으로 필요한 것도 갖춰지지 않아 노동자들은 돼지나 소보다도 못하게 지냈다. 없는 것이 많다 보니 아무도 모르게 죽기도 했다. 사람들이 들고일어나는 걸 막으려, 미국이 폭격할 때 달아나다가 잡힌 한국인들을 본보기로 처벌했다. 로버트의 어머니는 번호를 받았다. 5번이었다. 집으로 돌아왔을 때, 그녀는 뭐든 다섯이 되면 받지 않았다. 견과류 다섯 알을 내밀면 하나는 뺐다. 숫자를 셀 때는 4에서 6으로 건너뛰었다. 5로 끝나는 값은 치르지 않으려고 1원을 더 얹어주면서, 현장에서 불리던 번호에서 달아나려 했다.

고일이 일본 천황이 1945년에 항복할 줄 알았더라면, 일본에 퍼져나가던 충격을 내다봤을지도 모른다. 일본은 한국인들이 해방에 어떻게 반응할지 두려워했다. 복수하려 들면 어떡하지? 곁에 있던 도구와 날카롭게 벼른 대나무를 집어 들고 무장하면 어떡하지? 일본인들이 바로 자기네 문간에다 들인, 규모가 제법 되는 한국인들이 해방되고 나면 일본인들과 어떻게 같이 지낼 수 있겠는가? 비용 절감 조치에 관한 소식이 들리자 공포가 차츰 커졌다. 기업들은 한국인 노동자들에게 보상을 해주거나, 비용을 절감한다며 삭감했던 임금을 배상하는 수밖에 없었다. 이런 절박한 심정이 곧 경고였을 것이다. 아무런 절차 없이 한국인들에게 서둘러 오미나토를 떠나라고 했다. 2차 대전 끝물인 8월, 일본이 항복을 선언하고 일주일 뒤 한국인 노동자들과 그 가족들 4000여 명은 한국 부산으로 향하는 일본 배 우키시마호에 올랐다.

고일과 다른 한국인들 무리는 공식적인 송환 조치가 시행되기 전까지는 배에 타지 않겠다고 했다. 공식 절차도 시작되기 전에 왜 배가 떠나는지 의심스러웠다. 게다가 일본 선원들은 공해를 가로질러 바로 가는 항로 말고 위험한 연안항로를 택했다. 다른 항로가 아니라 왜 그 항로를 골랐는지 알려주지 않았다. 마이즈루 항구로 돌아서 가는 이유를 아무도 설명해주지 않았다. 오미나토로 온 선원들이 오는 길에 연합군 잠수함 어뢰에 공격을 받았다는 보고가 있었다. 한국 노동자들을 추방하라는 위험한 임무가 내려지고 해방된 한국을 향해 출발하기 직전에 도착했던 선원들이었다. 적국 영토에 있던 선원들은 체포되거나 강제 노역장에 끌려갈까 봐 두려워했다. 선원 세 명은 사형 당할 수도 있다는 위험을 떠안고도 우키시마호에 타 탈출했다. 어쩌면 한국에 갈 생각이 애초에 없었는지도 모른다.

고일을 비웃는 노동자들이 많았다. "여기 남고 싶으면 그렇게 해. 그런데 우리 일에 재를 뿌리지는 마."

사람들은 고일이 미쳤다고 했다.

그녀를 딱하게 여기는 사람들도 있었다. "기다리는 사람도 없는데 집으로 돌아간다고 뭐가 좋겠어? 기운 나게 해주는 것도 없는데, 뭘."

선원들은 고일을 억지로 배에 태웠다.

그녀가 발길질을 하고 몸부림을 치자, 사람들은 고일을 벽장에 가뒀다.

다른 가족들은 "이제 우리는 자유라니까"라며 그녀를 설득하려 했다. 그렇지만 고일은 경계를 늦추지 않았다.

오미나토를 출발한 지 이틀 뒤, 우키시마호는 예정대로 마이즈루 항구를 돌아서 가다가 갑자기 폭발했다. 폭발로 선체는 뒤집힌 V자 모양으로 들어 올려졌다가 검은 물 표면에 고꾸라졌다. 차가운 물이 선체 벽을 뚫고 들어왔다. 고일은 입을 굳게 다물고 탈출했다.

승객을 841명까지 태울 수 있게 지어진 그 배는 과적 상태였다. 최대 추정치로는 1만 명이 죽었다고 했다. 폭발 직후에 발견한 시체들로 어림잡은 최소 추정치는 500명이었다. 일본 관리들은 계속 물 위로 떠오르는 시체를 세지 못하도록 막았다. 피부를 뒤덮은 부패망 때문에 대부분 사람 형상으로 보이지도 않았다. 부드러운 피부 조직이 바다 밑바닥을 뒤덮었다.

고일은 폭발에서 살아남았다. 헤엄쳐서 해변으로 나오자, 선원들이 부두에서 그녀를 붙잡았다. 마이즈루 병원에 집어넣고는 기다리라고 지시를 내렸다.

고일의 다리에는 금속 조각이 박혀 있었다. 의사는 53바늘을 꿰매겠다고 했다. 고일은 60바늘을 꿰매달라고 부탁했다.

일본 정부는 우키시마호가 미국 어뢰의 공격을 받았다고 단정 지었다. 고일은 의도적으로 폭발을 일으킨 것이라 했다. 노동자들이 승선할 때 어째서 명단을 기록하지 않았던 것일까? 어째서 그렇게 서둘러 마이즈루로 향했던 것일까? 어떻게 선원들만 폭발을 피해 살아남을 수 있었을까? 고일은 한국인들이 법정에서 전쟁범죄를 증언하거나 일본군 기지에 관한 정보를 발설할까 봐 일본인들이 두려워한 거라고 말했다. 배에 탔던 사람들의 기록은 전쟁 후 몽땅 불타 사라졌다. 일본 제국에 해가 되는 서류는 제거되었다. 당국은 수사를 막았다. 조사가 벌어지기도 전, 주된 증거인 우키시마호는 바다 밑바닥에 해파리처럼 반짝거리는 덩어리가 되어 가라앉아 고철이 되어버렸다.

*

로버트는 어린 시절 제주도에서 영어를 배웠던 때를 떠올렸다. 네 살이었던 로버트는 이런 연습 문제가 들어 있는 알파벳 책자를 받았다. "알파벳 K로 배를 그려보세요."

K를 옆으로 눕혀 직선 부분이 바다가 되도록 수를 써야 했다.

K를 써서 우키시마호를 그려볼 수 있다.

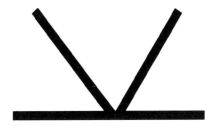

K 하나하나가 곧 한국인 200명씩이었다.

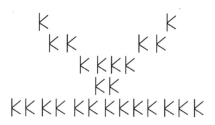

살아남은 사람들은 일본 전역에 말을 퍼뜨렸다. 배에 올라타지 마라. 고일은 다른 사람들처럼 경고하고 다니지는 않았다. 시간이 훌쩍 흐른 뒤, 고일은 로버트에게 이렇게 말했다. "사람들은 내 말을 안 믿었거든. 그런 걸 어떻게 설득하겠니? 살려주려고 하는데도 내 말을 안 들으려고 하는데." 고일은 종종 밤중에 일어나 방을 나가 절뚝거리며 섬 가장자리로 가서, 달빛이 얼굴 한쪽을 비추는 가운데 어둑어둑한 바다를 바라보곤 했다. 그런 행동을 하는 또 다른 이유가 있는지는 로버트는 알 수 없었다. 고일은 증인이 되지 않겠다고 했다. 폭발이 일어나기 전 선원들이 상륙했을 때 배가 닻을 내렸는지 묻는 질문에, 고일은 그렇다고도 아니라고도 답하지 않았다. 일본 대법원은 생존자들이 제기한 소송을 기각했다. 배에 폭발물이 실려 있었다는 의혹이 있었지만 수사는 종결됐다. 고일은 폭발에서 살아남아 돌아왔으나, 잔해나 다름없었다. 그녀는 떠다니는 잔해였지만 결코 해안에 닿지 못했고, 그 어디에도 그녀의 흔적은 없었다. 오미나토와 부산을 잇는 직선 항로는 사람 인 글자의 첫 획이었다.

1948년 4월, 우키시마호 사건이 벌어지고 3년 뒤, 고일이 바다에 나가 그물을 드리우고 있을 때 미군을 등에 업은 남한 경찰들이 뭍에서 배를 타고 찾아와 제주도 해안에 닿았다. 공산주의자들과 북에서 내려온 피난민으로 의심되는 사람들을 학살하려고 말이다. 고일은 이들이 할아버지와 손주에게 돌을 내던지며, 서로에게 돌을 던져 죽이라고 하는 모습을 지켜보았다. 그러고는 총성이 울려 퍼졌고 둘 모두 총에 맞았다. 쌀독 바닥에서 쌀을 퍼내듯이 길에 있는 뼈를 추슬렀다. 제주 도지사는 6만 명이 죽고 4만 명이 일본으로 달아났다고 했다. 불이 능선을 이루며 밤하늘을 녹였다. 마을 사람들은 재가 되어 공기 중에 맴돌았다. 불길은 자물쇠를 걸어 잠근 헛간에 있는 말들에게까지 닿았다. 고일은 로버트에게 일렀다. "가라앉는 배에 타고 있을 때는 아무도 믿으면 안 된다. 다른 사람 말을 들으면 안 돼."

로버트는 고일이 출산을 할 때 배에 생겨난 봉합 자국을 떠올렸다. 그녀와 그녀의 아들 사이에 자리 잡은, 안쪽 정원으로 가는 비밀 문이었다. 로버트는 고일의 죽음과 함께 사라진 그 문을, 그 문으로 향하는 길을 찾으면서 남은 생애를 보내는 자신을 떠올리고 싶지 않았다.

로버트가 나라 전체의 모습을 본 건 다섯 살 때였다. 꿰맨 자국이 없었다면 나라는 호랑이 모양이었을 것이다.

로버트는 기억 속에 있는 호랑이를 그렸다.

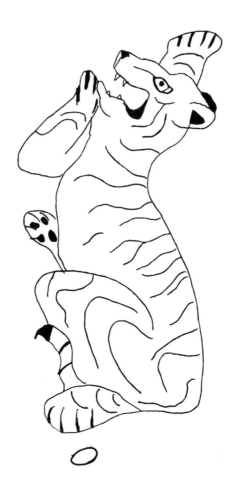

한국전쟁은 2년 뒤인 1950년에 일어났다. 고일은 라디오에서
공산주의자들과의 '가벼운 충돌'이라는 이야기를 들었다. 핵폭

탄으로 위협해 겁을 주려는 것뿐이라면서. 그 무렵에는 전쟁이 추억처럼 길어질 수도 있었다. 살아남은 자들 사이의 전쟁은 어마어마하게 잔혹해질 수 있었다. 북한과 남한은 황소의 뿔처럼 서로 다른 쪽을 향했다. 미국이 북한의 마을과 남한의 다리에 떨어뜨린 것은 핵폭탄이 아니라 네이팜이었다. 끈적한 불은 거센 불길로 돌변했다. 고일은 재빨리 머리를 굴려서 부산 남자를 구슬려 결혼을 했고 제주도를 탈출했다. 그녀가 로버트에게 들려준 이야기는 그 남자가 로버트의 아버지라는 것, 그리고 1953년 6월에 폭격으로 죽었다는 것이었다. 휴전 한 달 전이었다.

*

학생이었던 로버트는 랭스턴 휴스를 읽었다. 시인은 일본을 칭송하는 미국인들을 조롱했다. 휴스는 일본 제국의 지배를 미국에서 벌어지는 인종차별과 연관 지었다. 휴스가 그린 해방의 비전은 미국의 길거리에서 일어난 인간 파괴가 남긴 것들을 부각하고 있었다. 가해자들과 피해자들, 공동묘지를 파헤치는 사람들과 그 묘지에 누웠어야 했던 사람들, 협력자들과 동조자들, 죄수들과 해방자들. 로버트는 이 시인의 나라를 직접 보고 싶었다. 미군들은 로버트의 주머니에 돈을 넣어주었고, 로버트는 미군들에게 호랑이 그림을 그려주었다. 조그만 손가락으로 지폐를 셌다. 하나, 둘, 셋, 넷…… 여섯.

8

후란
1995년, 새너제이

  후란은 아파트 뒤편에서 시장 광장까지 구불거리며 이어지는 시내를 따라 걷는 걸 좋아했다. 시냇가에는 나무 몸통과 가지와 넓은 잎사귀가 품어주듯이 자라서 그늘을 만들어주었다. 그녀는 별생각 없이 길을 나섰다. 장을 볼 필요는 없었지만, 인숙에게 공간을 내주고 싶었다. 이제 그녀는 예순이 다 됐고, 지나온 거리를 생각하니 피곤이 몰려왔다. 길에는 아무도 없었다. 물이 졸졸거리는 소리를 들으니 마음이 편안해졌다. 몇 주 동안 비가 오지 않아 개천에는 물이 그리 많지 않았다. 여기는 기껏해야 마을과 고속도로 사이에 놓인 아이보리색 울타리 너머에 난 흙길일 뿐이었지만, 후란은 이 길이 정말 좋았다. 이렇게 방치되고 사람들의 눈길이 닿지 않는 곳에 애정이 솟는 건 후란답지 않은 일이었지만, 그녀의 가슴은 신이 나서 뛰고 있었다. 제 호흡을 찾아 걸어가며 발뒤꿈치가 땅에 닿는 것에, 땅바닥이 발가락을 위로 둥실 밀어 올리는 것에 집중했다. 땅이 후란을 실어 날라주는 덕에 딱히 걸을 것도 없었다. 스스로 특별히 민첩하다고 여기지는 않았지만, 그래도 이 길을 따라 다리를 차올릴 수는 있었다.

후란은 발걸음을 멈추고 개울을 살폈다. 그런 모습을 인숙이나 성호가 보았다면, 한참 젊어 보인다고 했을 것이다. 반짝이는 맑은 물이 후란의 눈을 밝혔다.

갑자기 위쪽 산등성이에서 나무 둥치가 땅 위로 풀썩 쓰러지는 소리가 들렸다. 천둥소리였을지도 모른다. 너무 갑작스럽게 벌어진 일이라 놀랄 겨를도 없었다.

쾅 하고 뭔가 끊어지는 소리가 들리고, 섬유질이 드러난 뾰죽뾰죽한 나무껍질이 종이처럼 죽죽 찢어졌다. 쭉쭉 뻗어 우아하게 축 늘어진 가지들이 올리브색 날개가 돋은 왕관을 개울에 내동댕이쳤다. 왕관은 고속도로를 따라 세워진 울타리에 가로막혔고, 사슬로 연결된 금속 가닥들을 끊어버렸다. 그 철사들 틈새로, 멈추려고 핸들을 트는 차들의 빛나는 지붕이 보였다. 앞유리 너머 보이는 얼굴들은 후란의 손톱보다도 작았다.

후란은 나무 바로 아래에 서 있었다. 나무 줄기가 후란의 머리에서 기껏해야 30센티미터 정도 떨어져 있을 뿐이었다. 발밑에 있던 땅이 어떻게 움직인 건지 기이했다. 일순간 물처럼 요동쳤던 것이 말이다.

아무도 지켜보지 않았다면 후란은 울음을 터뜨렸을지도 모른다.

나무가 쓰러졌고, 그녀는 움직이지 않았다. 차 안에 있던 사람들이 후란에게 소리를 쳤지만, 아무것도 들리지 않았다.

사람들이 괜찮으냐고 물었다.

후란은 큰길로 나갔다.

사람들이 다시 불렀지만, 그녀는 뒤를 돌아보지 않았다.

소방차 두 대와 경찰차 세 대가 도착했다. 운전자들과 행인들이 사진을 찍어댔다. 후란은 시냇가로 난 길을 따라 발걸음을 재촉했고, 자기가 너무 멀리 갔을까 봐 인숙이 걱정하려나 궁금했다. 그 시기에 후란은 같은 집에서 서로 모르는 사람처럼 살수 있다는 것을 알게 되었다. 인숙이 알게 되었듯이 말이다. 그러다 후란을 부르는 소리가 들렸다. 사람들이 후란에게 돌아오라며 손을 흔들었다. 가던 길을 멈춰야 할까 봐 두려워진 후란은 땅만 쳐다보며 시장 광장으로 갔다.

*

부활절 전주, 성당 할머니들은 셔틀로 쓰는 승합차를 타고 밀피타스 노인 복지관으로 갔다. 차를 타고 가는 길에는 1년 전 새크라멘토에서 찾아왔던 젊은 신부의 설교를 녹음한 테이프를 들었다. 성찬식이 끝나고 피아노를 칠 때 보니 손가락이 길고 가늘더라고 모두들 입을 모아 말했다. 목소리가 고왔다고도 했다. 그리스도처럼 듣기 좋은 목소리였다고 말이다. 할머니들은 이 테이프를 곧잘 틀었다. 시끄러운 파티장에서도 들릴 정도로 기침을 해대는 주임신부와는 달리 귀에 거슬리지 않는다면서. 목소리는 모름지기 발소리처럼 쿵쿵거리는 게 아니라 종소리처럼 울려야 하는 법이다.

할머니들이 식당에 모였다. 식탁 위에는 상자째로 담긴 삶은 달걀, 물감, 붓, 펜, 스케치북, 소쿠리가 놓여 있었다. 할머니들은 성당에서 여는 부활절 경연 대회를 위해 서로 경쟁하고 있었다. 할머니들 일고여덟 명이 한 팀을 이뤄, 달걀 바구니를 하나씩 꾸미면서 부활절에 성당 강당을 장식할 예정이었다. 성당 사람들은 응모권을 사서 1등과 2등 달걀 바구니에 투표했다. 몇 년째 같은 할머니 팀이 우승을 했다. 그 할머니들은 똑같이 빨간 챙모자를 쓰고 빨간 조끼를 입고 빨간 립스틱까지 맞춰 바르고서 나타났다. 이들은 할머니들 중 제일 예뻤고, 또박또박하고 기운찬 목소리로 이 주의 말씀을 읽었다.

후란은 그 할머니들이 너무 온 힘을 다해 말씀을 읽는다고 생각했다. 말씀은 거리를 두고 관찰자의 입장으로 읽어야 하건만. 그 할머니들은 말에 옷을 입히고, 의미가 이루는 섬세한 섬유를 스타킹처럼 잡아당겨 늘였다. 그 할머니들의 실수를 털어낼 만한 말이 후란에게 있으면 좋았겠지만, 그렇다고 바로잡기는 쑥스러웠다. 그 할머니들은 제일 큰 목소리로 노래를 불렀고, 매년 달걀 바구니 투표에서도 과반수가 넘는 득표를 자랑했다.

올해 후란은 우승을 하겠다고 마음먹었다. 그렇지만 엉겅퀴 모양 레이스, 수정 같아 보이는 밑그림, 코발트블루와 하얀색이 섞인 중국풍 장식, 금박을 입힌 조각품, 민들레 잎사귀, 원을 그리며 도는 기차 모형, 왈츠를 추는 점토 인형, 둥지에 자리 잡은 오르골을 보자 아연실색했다. 알록달록한 털실로 뜬 꽃으로 감싼 달걀 스케치를 봤을 때는 기가 죽었다. 구리색으로 그을린 조개껍데기로는 불꽃에도 타지 않는 가시덤불을 만들었다. 벨벳 천을 두른 달걀로는 얼음 조각 궁전을 세웠다. 좁은 구멍으로 들어갈 리도 없는데, 달걀이 들어 있는 모래시계는 대체 어떻게 만든 건지 알 도리가 없었다.

할머니 하나가 후란을 살짝 꼬집었다. "후란 씨, 뭐 해요?"

빨간 팀의 우두머리인 연주가 말했다. "후란 씨네 스케치는 하나도 안 보이네요. 우리가 못 보게 숨겨놨나 봐요?"

사실은 스케치를 할 만한 시간이 없었지만, 그걸 입 밖으로 내지는 않았다. 후란은 머리를 톡톡 두드리며 말했다. "걱정 마세요. 여기에 다 있으니."

할머니들이 숨을 턱 멈췄다.

연주가 발랄하게 후란의 팔을 찰싹 쳤다. "아직도 다 기억해서 해요? 엄청나시네요. 우리는 낼모레면 다 죽을 사람들인데 후란 씨는 아닌가 봐."

후란은 괜한 공치사를 늘어놓는 할머니들과 있을 때보다 인숙과 있을 때가 더 편했다.

"우리 아들이 실리콘밸리에 새로 일을 구하러 가지만 않았어도, 나도 후란 씨처럼 꼭대기 층에 내 방이 있었을 텐데." 연주는 종알종알 떠들어대면서, 낚싯줄에 꿴 마른 콩 같은 묵주를 엄지손가락으로 돌렸다. "거기는 유다도 꼬리를 내리고서 굽실거릴 데라니까요. 하긴 유다는 세계 최초로 사업을 꾸민 원년 멤버죠!"

후란은 체면치레를 하려고 애쓰면서 연주를 추켜세웠다. "그댁 아들하고 며느리는 순하고 착하잖아요. 인숙이는 워낙 깐깐해서요."

"어쩌면 후란 씨를 무서워하는 걸 수도 있어요."

"무서워한다고요? 저를요?"

"조심하세요." 연주가 말했다. "쥐도 궁지에 몰리면 고양이를 문다잖아요!"

할머니들이 웃음을 터뜨렸다.

어떤 이는 후란을 향해 날 선 소리를 했다. "후란 씨는 아들 하나뿐이잖아요. 분명 며느리를 교도관처럼 고문했을걸요."

또 다른 이는 이렇게 말했다. "요즘은 며느리한테 못되게 구는 거 인기 없어요."

"인숙 씨는 나처럼 혼자잖아요, 불쌍하게." 연주는 상자를 열어 달걀 크기를 확인했다. "우리 아들이랑 며느리가 아무리 설득하려고 해도, 나는 한국에 묻힐 거예요. 그런데 묫자리를 빌리려면 돈이 어마어마하게 든대요. 죽고 나서도 세를 내야 한다니까요."

"관이 비싸더라고요. 자동차 만만찮아요." 후란이 말했다.

"그냥 묻으라고 했어요. 땅에다 바로요." 연주가 웃었다. "우리가 가고 나면 아들들은 제 어미는 생각도 안 할걸요. 우리 무덤은 아들놈들 마누라한테 달려 있는 거죠, 며느리들한테요."

후란이 달걀을 바닥에 떨어뜨렸다.

"먼저 먹는 사람이 이기는 거죠." 연주가 달걀을 식탁에 대고 마저 깨고는 금이 간 달걀을 후란에게 주었다. "우리 중에 제일 먼저 먹게 됐네요."

한 할머니가 연주에게 말했다. "세상에나. 꼭 그 사고 같네."

연주가 고개를 끄덕였다. "삼풍 백화점 붕괴 말이죠. 한국 뉴스 보면 다 그 얘기더라고요."

할머니들이 말을 거들었다. "세상에. 끔찍해라."

연주가 후란에게 물었다. "못 들으셨어요? 수백 명이 죽었대요." 연주가 식탁 위로 몸을 수그렸다. "글쎄 말이죠, 사람들이 건물 주인이 무너지기 전에 도망가는 걸 봤대요. 그런데 백화점에서 일하고 있던 자기 며느리한테는 말도 안 하고 건물을 버리고 갔다나 봐요!"

"그러니까 자기 며느리를 죽였다고요?" 후란이 물었다.

"이제 와서 그 여자가 살아봐야 무슨 소용이겠어요. 다시 집에 가고 싶은 마음이 들겠어요? 나 같으면 제일 먼저 남편부터 없앨 거예요. 남편이 없으면 시댁 사람들은 남이죠." 연주가 말했다.

후란이 달걀을 또 하나 집어 들었지만 그 달걀도 손에서 미끄러졌다.

"괜한 짓 좀 그만하세요. 그렇게 배가 고파요?" 연주가 타박했다.

후란네 팀 사람들도 후란을 쳐다봤다. 후란은 지친 기색을 감추려 눈을 깜박였다. 그러고는 천천히 다른 달걀로 손을 뻗었다. "다른 얘기 하면 안 될까요?"

"화내지 마요, 후란 씨. 후란 씨한테는 우리뿐이잖아요. 사실 우리나라 건물보다는 이 나라에 있는 연쇄살인범이 낫죠!" 연주가 말했다.

할머니들은 다시 웃음을 터뜨렸다.

요즘 후란은 쥐며느리가 귀에서 나와 가슴팍에서 노는 꿈을 꿨다. 눈을 뜨면 귓속에서 발소리가 들렸다. 쥐며느리는 후란의 머릿속에서 빠져나왔다가 다시 돌아가려고 하는 생각일 수도 있고, 아니면 세상을 떴지만 묻자리를 구할 여유가 없는 누군가일 수도 있었다. 후란은 연옥에 있는 영혼을 위한 기도문을 외웠다. 진심으로 기도하면 말썽을 피할 수 있을지도 몰랐다. 그렇지만 어째서 쥐며느리 모습으로 무덤을 구하려고 찾아온 걸까? 후란의 귀가 세를 내지 않아도 되는 무덤이기라도 했던 걸까?

*

부활절 날, 후란은 성찬식을 뒤로하고 강당으로 갔다. 응모권을 사서는 대회에 참가한 달걀 바구니가 전시된 탁자를 쭉 따라 걸었다. 후란은 장밋빛 옷고름을 단 분홍색 한복에 크림색 모카신 차림으로 발걸음을 가볍게 내디뎠다. 예식이 끝나지도 않았는데 다른 할머니들이 오기 전에 탁자를 둘러보다니, 난리가 날 만한 일이었다.

저 예쁜 달걀을 무척 먹어보고 싶었다. 버드나무 가지로 엮고 손잡이는 아치 꼴로 땋아 만든 똑같은 바구니를 쓰는 게 대회 규칙이었다. 바구니마다 달걀은 300개 이하로 담아야 했다. 탁자에 놓인 하얀 현수막에는 할머니들 팀이 쭉 적혀 있었다. 현수막을 들여다보다 후란은 자기 바구니 앞에 멈췄다.

복도에서 인숙이 모습을 드러냈다. 인숙은 소박한 저고리와 치마 위에 투명한 모슬린 천을 덮은 보라색 한복을 입고 후란 쪽으로 걸어왔다. 부드럽게 곱슬거리는 인숙의 머리칼과 얼굴을 환히 트이게 하는 부드러운 아치형 눈썹을 보니, 결혼식 날 밤에 제 어머니의 초록색 한복을 입고 있던 인숙이 얼마나 아이 같았는지가 떠올랐다.

인숙은 후란네 팀이 만든 바구니를 뜯어보았다. "새하얀 달걀 300개네요."

후란이 예상치 못했던 말이었다. 후란은 조심스레 입을 열었다. "바구니는 처음 있던 그대로야. 달걀도. 가운데에 있는 한 개만 빼고 말이다."

인숙은 후란이 쓴 단정한 글씨를 읽었다. "메아 쿨파."*

"쓰느라 오래 걸렸다."

"닭을 죽이는 일은 아니잖아요."

후란이 웃었다. "그래도 아직 운전 강사하고는 싸울 수 있어. 꽁지 빠져라 도망갈걸."

다른 할머니들이 강당으로 줄지어 들어왔다. 빨간 챙모자와 빨간 조끼와 빨간 립스틱을 맞춘 할머니들이 한데 모여 있었다. 옛날부터 하던 식으로 다 같이 팔짱을 낀 채로, V자 모양으로 섰다. 살에 돋은 검버섯이 마치 달마시안 무리 같았다.

연주가 떡을 갈라서 인숙에게 한 입 먹으라고 권했고, 인숙은 입을 벌리고 베어 먹었다. "요즘에는 저고리랑 치마를 다른 색으로 입어야 해요, 인숙 씨. 똑같은 색으로 하면 안 되고요."

"연주 씨는 꼭 개 거시기처럼 빨갛게 차려입으셨네요." 후란이 놀려댔다.

다른 할머니들은 마음속에 있던 무언가가 환해지기라도 한 것처럼 후란을 쳐다보았다.

"오늘은 좀 다르게 구시네요." 연주가 말했다.

후란은 인숙이 반응해주기를 기대했지만 인숙이 무표정한

* Mea culpa. '내 탓이오'라는 뜻의 라틴어. 참회 기도문의 문구다.

얼굴을 하고 있어서 상처를 받았다. 그런 걸 신경 쓴다는 게 옹졸했지만 말이다.

"후란 씨는 그래도 바구니를 잘 들고 오셨네요." 연주가 말했다. "달걀을 반은 떨어뜨릴까 봐 걱정했는데. 우리는 너무 늙어서 이제 달걀도 못 떨어뜨리거든요!"

할머니들이 요란하게 웃었다.

후란은 어깨를 으쓱했다. "그때는 조금 충격받은 상태였거든요. 제 위로 나무가 쓰러져서."

인숙이 고개를 갸웃거렸다. "언제 그런 일이 있었는데요?"

"시장에 걸어가는 길에 그랬다."

연주가 인숙에게 말을 걸었다. "늙은 할망구 딱하게 여길 것 없어요. 그쪽이 착한 며느리라서 계속 부려먹는 거니까." 연주는 떡을 우물거리며 말을 이었다. "우리 앞에서 후란 씨한테 잘해봤자 후란 씨가 자랑할 일만 만들죠. 저 사람은 날이 다 무뎌진 칼인 거, 인숙 씨도 알면서."

연주의 말에 놀란 후란은 발표를 들으러 탁자 쪽으로 갔다. 후란을 뒤따라오는 사람은 없었다.

담당 신부가 강당 앞에 섰다. 쉰 목소리로 우승 바구니를 발표했다.

섬세한 달걀의 결정체를 보여준 연주네 팀이 여느 때처럼 우승을 차지했다. 연주네 팀은 조끼 아래 입은 치마를 잘 붙들고서 환호하면서 위아래로 폴짝폴짝 뛰었다.

2등은 후란네 바구니였다. 단순함이 칭찬을 받았다.

후란은 팀원들을 향해 활짝 웃었다. 탁자에다 껍질을 깨려고 달걀을 집어 드는 인숙이 보였다.

출품한 바구니에 있는 달걀을 간장이나 소금에 찍어 먹으며 몇 시간에 걸친 오찬을 마친 뒤, 후란과 인숙은 주차장으로 가 성호와 헨리를 만났다. 인숙은 다른 할머니들이 그렇게 못되게 구는데 후란이 왜 자꾸 오는지 모르겠다고 했다. 후란이 대답했다. "우리는 못되게 구는 게 잘해주는 거야. 그게 친하게 지내는 방법이지. 좋은 말만 하는 사람은 믿을 수가 없거든." 후란은 머뭇거리면서 뒤쪽을 바라보았다. 건물에는 아치라든지 높은 첨탑이라든지 황금색 십자가처럼 흔히들 성당이라는 걸 보여주는 표지가 없었다. 그저 비스듬한 지붕에 하얀 글씨를 써둔 창고였다. 주의를 기울이지 않고 지나가다 보면 주차장으로 들어서는 급커브 길을 놓치기 일쑤였다. 바깥에서 본다면, 후란이 그 사람들을 사랑한다는 사실이 훤히 보였을 것이다. 다른 사람들과는 결코 헷갈릴 수 없는 바로 그들을. 이들을 지켜본다면 누구든 후란이 사람들과 잘 어울린다는 걸 알게 되었을 것이다. 온 우주 같은 이 도시 한가운데서 살아가는 사람들을 보게 되었을 것이다. 이들에게 이런 곳이 있다는 사실을 알고서 부활절을 맞이했을 것이다. 후란의 눈앞이 흐려졌다가 곧 밝고 선명해졌다.

*

새해 첫날, 후란은 병원에 있었다. 의사가 시간을 빼서 진료를 봐준 건 로버트라는 남자 덕분이었다. 로버트의 수고가 단순한 호의 이상이라고 의심하는 사람은 아무도 없는 것 같았다. 의사는 부활절부터 새해 사이에 후란에게 뇌졸중이 두 번 일어났다고 했다. 다행히도 인숙이 밤중에 쿵 쓰러지는 소리를 듣고 응급실로 데려왔다. 성호는 펜과 공책을 들고 골짜기를 돌아다니곤 하는 헨리를 살펴보러 병원을 나섰다. 인숙이 후란과 병실에 남았다.

후란이 인숙에게 말했다. "나는 내 진짜 생일이 언제인지 몰라. 부모님은 내가 아기 때 죽을 줄로만 아셨거든."

연주는 부활절이 지나고 세상을 떴다. 후란은 자기들 나이 때에서는 하나도 놀라울 것 없는 일이라고 했다. 연주가 아무런 회한 없이 이야기하는 모습에 때가 가까워왔다는 걸 짐작할 수 있었다.

인숙은 후란의 손을 문지르고 귀를 주물러주었다. 병원에 오고 나서야 인숙은 그 어느 때보다도 더 많이 후란의 몸을 만졌다. 집이었다면 이렇게 하지는 않았을 터였다. 인숙은 멈추지 못하는 것 같았고, 후란도 거부할 수 없을 것 같았다. 인숙이 말했다. "어머님 귀가 뻣뻣하네요. 귀가 부드러워져야 속도 부드러워지는데요."

"귀가 부드러웠으면 듣는 족족 다 믿었을걸."

인숙은 헨리 귀가 부드럽다고 했다.

"헨리를 보면 성호 아버지가 생각나는구나." 후란이 말했다. "뭘 생각하는지 통 모르겠어."

후란과 인숙은 아이들 흉을 보는 부모가 되자 한편이 되었다.

후란이 덧붙였다. "우스운 게 뭐냐면, 나는 성호보다 네가 더 걱정된다는 거야."

이번에는 인숙이 빙긋 웃었다. "어떤 사람을 그렇게 오랫동안 싫어하기는 힘들죠. 그것도 정성이에요. 어머님 마음도 다른 쪽으로 기울기 시작했을걸요."

후란이 말했다. "싫어했던 게 아니다. 네가 필요했던 거지."

"아, 저는 어머님 싫어했는데요."

"그래, 네가 시작했지." 후란이 대꾸했다.

"저희 결혼 날 밤에 부엌 바닥이 제법 차가웠나 봐요." 둘은 서로를 바라보며 말없이 활짝 웃었다.

후란이 이야기를 하는 동안 인숙은 엄지손가락으로 후란의 뻣뻣한 손바닥을 파고들었다. "나 같은 애들은 일만 하잖니." 후란이 말했다. "너 같은 애들은 맥도날드 구경도 못 해봤고 말이다."

인숙은 입을 다물었다가 달걀 바구니 이야기를 꺼냈다.

"처음 봤을 때 그런 생각이 들었어요. 대체 어떤 사람이 이런 생각을 했담? 색칠도 안 하고 손대지도 않은 달걀 300개라뇨.

그런데 가운데 있는 달걀 하나에 메아 쿨파라는 말이 쓰여 있더라고요."

할머니들은 대부분 손이 떨려서 그림을 그리지 못했다. 그렇지만 후란은 바구니에 가득 담긴 달걀에 글자를 한 획 한 획 썼던 것이다.

후란은 인숙이 자기에게 신경을 쏟고 있다는 것을 알 수 있었다.

인숙이 계속 말했다. "저는 그 말을 이해했어요. 신부님께서는 어머님네 바구니가 심오하다고 하셨죠. 우리를 바라보는 신의 시선이라면서요. 우리 하나하나가 완벽한 달걀이라 하셨죠. 그렇지만 신부님 말씀은 틀렸어요. 어머님은 저를 생각하면서 만드신 거예요. 제가 보기를 바라셨고, 그게 어머님께서 저한테 하고 싶은 말 전부였죠. 그 오랜 세월 동안 우리는 그리 잘 못 지냈으니까요." 인숙이 떨리는 숨을 들이쉬었다. "그 오랜 세월 동안 어머님은 제게 못되게 구셨고요."

후란은 여전히 침대에 누워 있었다.

"저는 어머님께 나쁜 감정이 하나도 없어요." 인숙이 말을 이었다. "어머님이 좋은 사람이라고 생각해서 그런 게 아니에요. 그런 감정을 품고 사는 게 지겨워져서 그런 거죠. 그 달걀에 쓰인 말을 계속 생각해봤어요. 메아 쿨파. 그리고 그 무엇보다도 한 가지 일을 미안해하시는구나 싶었죠. 어머님은 제가 낳지 못했던 아기 때문에 저한테 그 말을 하신 거예요. 그 아기가 살아 있다고 생각해보세요. 그 아기가 지금 어머님을 기다리고 있다고요. 내세에서는 그 아기에게 좀 더 괜찮은 할머니가 되어주시려나요?"

후란은 고개를 들고, 위아래로 끄덕였다. 뒤로 묻어두었던 세월을 지나 눈물이 터져나왔다. 인숙은 후란의 얼굴을 닦아주고 머리를 매만져주었다.

후란과 인숙 둘만 남았더라면, 성호가 둘만 두고 떠나버렸다면. 후란과 인숙이 한복을 팔고, 농장을 사서 낮에는 앞치마를 두르고 닭을 잡고, 밤에는 불가에서 서로의 품 안에서 웅크려 잠들었다면. 후란은 늘 두 사람이 함께 있을 거라고 생각했다. 창밖으로 불빛이 희미하게 번졌다. 보이지 않는 부츠가 해를 뻥 차버렸다. 후란은 인숙을 붙잡은 채 밤을 보냈다. 내세에서도 인숙을 만날 거라고, 그때는 자매로 지낼 거라고 생각하면서. 둘이 함께 있는 이 방은 후란이 처음으로 고른 방은 아니었지만, 처음으로 후란과 인숙이 함께 들어온 방이었다.

*

후란은 죽었지만 귀신이 되지는 않았다. 단지 모든 걸 지켜볼 뿐이었다.

후란의 장례식은 빨리 끝나지 않았다. 몇 달이 지나서야 인숙은 후란의 방을 치웠다. 인숙은 후란의 이불을 옷장에 넣었다.

후란의 스카프, 옷, 신발은 기부했다. 그리고 어머니의 초록색 한복을 넣어둔 서랍장 제일 아래쪽 서랍에 병원 담요를 보관해 두었다.

후란이 살아 있었을 적, 인숙은 효율적으로 청소를 했다. 그렇지만 이번에는 물건을 내다 버리는 데 꼬박 하루가 걸렸다.

인숙은 냉장고를 열었다가 닫았다. 시장 광장까지 걸어가기로 마음먹은 것 같았다.

인숙은 시내를 따라 난 길을 골랐다.

후란은 인숙이 길을 따라 걸어가다가 쓰러진 나무가 있던 빈자리에 멈춰 서는 모습을 지켜보았다. 인숙은 크고 굵은 나뭇가지가 부러지면서 쓸어가버린, 겁이 날 만큼 텅 빈 자리를 가까이 들여다보았다. 잔해를 보면서 그런 큰 나무가 부러져 땅으로 넘어지는 모습을 떠올려봤다가 아연실색한 것 같았다. 정말이었다. 아주 커다란 나무였다. 후란과 인숙은 그런 큰 나무가 사라졌다는 사실에 그 자리에서 얼어붙었다. 인숙은 어쩌면 예전에는 그 일을 한 번도 생각해본 적이 없다는 죄책감을 감당할 수 없어 걸음을 멈추는지도 몰랐다. 어쩌면 후란과 마찬가지로 그토록 가까이서 살았던 여자를 어리석게 잃었다는 생각을 하고 있는지도 몰랐다. 지금 후란이 제 심정을 들려주고 싶은 사람은 바로 이 여자였다. 후란이 듣고 싶은 건 바로 이 여자의 생각이었다. 인숙이 길을 따라 몸을 돌리자 후란도 몸을 돌렸다. 가벼운 바람이 두 사람을 똑같은 그림자로 엮어주었다.

9

성호
1997년, 새너제이

    만새가 지역 사업체 사람들을 불러 모은 당구장 입구로 다가 가자, 큼직한 8번 공이 성호 앞을 막아섰다. 성호는 멈춰 서서 그 커다란 비닐 간판을 살펴봤다. 동그란 형체에 막혀 빛이 당구장으로 들어오지 못했다. 문을 들어서는 성호의 두 눈을 똑바로 쳐다보는 눈알 하나. 세탁소에서 일할 때 입는 옷을 걸친 성호는 쌓인 나뭇잎 더미를 밟고 가는 것처럼 초록색과 노란색이 섞인 카펫 위를 지나 중앙 홀로 갔다. 당구대를 벽으로 밀어붙여 만든 공간이었다. 구릿빛 세간이 자리 잡은 어두운 당구장은 머나먼 과거 같은 느낌이 들었다. 옷깃이 달린 셔츠를 입은 쉰 명쯤 되는 남자들이 열쇠를 짤랑거리며 이야기를 나누었다. 가만히 서 있다 보니 손만 바삐 움직였다.

    뒤쪽에 있는 연단은 성호 눈에 미처 들어오지 않았다.

    연단 위에서 로버트가 문을 마주 보고 서 있었다. 그 위에는 해방신문이라는 글자가 적힌 현수막이 걸려 있었다.

성호는 왜인지 몰라도 뒤쪽의 비닐 간판을 다시 쳐다봤다. 이제는 검은 구멍처럼 보였다.

로버트가 사람들을 향해 연설을 시작했다. "우리는 피해망상에 시달리고 있습니다. 같은 민족을 의심하는 광기를 떨쳐내지 못했습니다."

8번 공이 마치 날개처럼 그림자를 드리우고 있다는 사실을 성호는 좀 전까지 알지 못했다. 로버트는 늘씬하고 자세가 곧았다. 회색 정장 위에 검은 코트를 걸치고 있었다. 절묘하고도 느릿한 움직임은 로버트를 지켜보는 사람들의 마음을 편안하게 해주었다.

로버트의 목소리가 당구장을 채웠다. "대규모로 파산이 일어났죠. 은행들이 무너졌습니다." 로버트는 아무런 말도 없고 속을 헤아리기도 어려운 얼굴들을 바라보며 IMF 위기를 이야기했다. "회사에서 일자리를, 친구들 사이에서 우정을, 가족 안에서 가족을 기대할 수 없게 되었어요."

아무도 눈을 떼지 않았다.

문이 어디에 있는지, 뒤에 있는지 앞에 있는지, 이들을 끌어들이는 게 8번 공인지 아니면 로버트인지 점점 분간하기 어려워졌다.

더 많은 사람들이 찾아왔다. 발소리가 성호를 빙 둘러갔다.

로버트가 단호한 태도로 웃었다. "제가 〈해방신문〉을 시작한 건, 사람들이 스스로를 해방하도록 설득해야 했기 때문입니다. 그리고 우리가 스스로를 이미 해방시켰으니, 다른 사람들도 해방시킬 수 있는 것이죠."

로버트는 연단에서 내려와, 코트 가슴팍에 있는 주머니에 손을 얹었다. "〈해방신문〉을 발행할 때마다 제가 썼던 글들입니다. 오늘 밤, 제 인생을 바친 노력에 여러분이 힘을 실어주시기를 부탁드립니다."

모여 있던 사람들이 8번 공 양옆으로 나뉘었고, 로버트는 그 뒤편에 서 있었다.

한 남자가 말했다. "댁은 북한 사람들을 해방시키자고 얘기하는데 말이야. 다 굳은 땅에 삽질은 해봤자라고."

다른 남자가 덧붙여 말했다. "그쪽 때문에 우리가 위험해지잖아. 아무튼 〈해방신문〉을 불법으로 만들어야 한다니까."

성호가 보기에 로버트는 온전한 통일 한국을 설파하는 듯했다. 말로 이 사람들의 마음을 바꾸려고 작정한 모양이지만, 그다음은 전혀 생각하지 않은 것 같았다. 로버트는 미국과 한국 정부가 사과하기를, 일본이 손해배상금을 지불하기를, 식민지 시절부터 죽고 교도소에 간 사람들이 기록되기를 바랐다. 두 한국을 하나로 합치는 일만큼 비현실적으로 보이는 일이었다. 보아하니, 한때 평화를 사랑하는 사람의 모습을 보여줬던 그의 글과 연설은 이제 그가 위험한 사람이라는 사실을 드러내고 있었다.

"어디가 위쪽이고 아래쪽인지는 어디에 사느냐에 따라 달라지지요." 로버트가 말했다. "우리는 북한과 남한 사이에 그어진 경계선 양쪽에서 일어나는 억압에 반대합니다. 바로 우리가 해방을 시켜야 합니다."

사람들은 동물 떼처럼 이리저리 움직였다. 로버트 주변에 사람들이 점점 더 많아졌다. 성호 앞쪽에 있던 두세 명은 당구장 바깥으로 걸어 나갔다.

로버트는 문을 향해 고개를 까딱했다. 그 문을 통해 로버트의 말은 엘 카미노 상점가를 지나 식당으로, 슈퍼마켓으로, 비디오 대여점으로, 사람들이 성당 다음으로 숭배하는 노래방으로, 그 사람들의 아내와 어머니 들이 빵 집게를 쥐고 탱고를 추는 빵집으로 흘러갔다. 마운틴뷰와 그곳에 있는 테크 기업들로도 향했다. 새너제이, 쿠퍼티노, 서니베일, 밀피타스, 프리몬트에서 아이들을 모으기도 했다. 교실에서 쿵쾅대며 몰려다니는 아이들, 식당 종업원과 술가게 점원과 마사지샵 직원 들의 구세주가 될 아이들, 흑요석 같은 머리칼을 날리고 신경질적인 틱 증상을 보이며 샌프란시스코로 달려가는 아이들을. 나이 든 노인들을 위한 양로원들이 점점 늘어나는 구역인 덤버턴 브리지로도 흘러갔다. 이스트베이 전망을 보며 졸음을 쫓을 만큼 광활한 창문이 있는 집으로도 향했다.

"해방 이후 저희 어머니는 부산으로 돌아오셨죠." 로버트가 말했다. "그렇지만 고향에 왔다는 느낌은 못 받으셨습니다. 강제로 떠나야 했던 바로 그 나라가 아니었으니까요. 다시 보는 그날까지 살아야겠다는 힘을 주던 나라가 아니었던 겁니다."

로버트는 마치 회유하는 듯한 분위기로 사람들을 유심히 지켜보았다. 사람들이 더 뒤쪽으로 물러났다.

로버트는 남아 있는 사람들에게 이 말을 잘 생각해보라고 했다. "잊어버리려고 애쓴다는 건 기억하기 위해 애쓴다는 뜻이기도 합니다."

"통일은 헛소리일 뿐이에요." 누군가가 말했다.

다른 목소리가 말을 보탰다. "북한이랑 남한이 계획에 합의하고 국경을 연다고 칩시다. 미군 부대는 북한으로 가는 길에 옮겨질걸요. 중국과 러시아가 자기네 코앞에 미국이 오게 가만둘 리 없고요."

로버트는 다시 연단에 올라 사람들이 볼 수 있게끔 고개를 들었다. "중국이나 러시아가 조금이라도 공격적으로 나오면, 그들한테 안 좋게 끝날 겁니다. 우리는 한 세기가 넘어가려는 순간에 서 있지요. 경제적, 정치적 압박 때문에 전쟁을 벌이기도 했고요."

"북한은 강력한 동맹국들에게 의지하고 있는데요." 또 다른 목소리가 말했다. "북한은 중국이 하자는 대로 해주고 있어요. 북한이 일본과 한편이 되지는 않을 겁니다. 원칙적으로 본다면요. 북한이 아직 보편적인 인권 기준에 부합하지 않는다는 사실도 덧붙여야겠고요."

로버트가 대답했다. "한 나라 안에 두 체제가 존재하는 식으로 통일을 이룰 수도 있지요."

성호가 입을 열었다. "통일을 하려면 2조 달러가 들어간다는데요." 사람들이 갑자기 자기를 쳐다보는 게 느껴졌다.

"성호 씨." 로버트가 성호에게 시선을 고정했다. "동독과 서독은 두 체제를 바탕으로 한 기반 시설을 확보하고 있었잖아요. 북한은 도움이 필요하겠지만, 자원도 가지고 있어요. 그걸 남한과 합친다면……"

"어디까지나 옛날의 남한일 때 얘기죠." 성호가 말했다. "배보다 배꼽이 크면 값을 치를 이유가 없잖습니까."

이 말에 남자들이 크게 웃었다.

성호의 말에 모여 있던 사람들이 둘로 갈린 것 같았다. 크게 두 무리로 나뉘면서, 한 무리는 성호 편으로 모였다. 성호는 로버트와 8번 공 사이에 서 있었다.

로버트는 바닥을 보며 웃음을 지었다. "충직한 분이시네요. 우리는 실수를 바로잡을 수 있다고 생각합니다. 처음부터 전부 다시 해나가는 거죠. 북한 같은 곳이 존재한다는 사실을 받아들이는 걸 왜 그렇게 어려워하십니까?"

성호가 말했다. "북한과 관련된 건 어떤 것도 원치 않아요."

"그렇지만 그건 당신의 일부예요." 로버트가 대답했다. "끔찍한 부분까지도 말이죠."

로버트 말이 맞았다. 전쟁은 안에서 벌어지고 있었다. 싸우려는 마음이 드는 것이야 자연스러웠지만, 애써 이유를 정당화하려 하는 건 의미가 없었다. 성호는 연기가 피어오르던 언덕을, 먼지 속을 뒹굴던 날카롭고 하얀 뼈를 떠올렸다. 모두들 자기를 한국인이라고 불렀다. 8번 공 안에서 그들은 다른 누구도 아닌 스스로를 속일 뿐이었다. 성호가 말했다. "통일은 매력적인 얘기죠. 우리 모두가 희생자니까요." 성호는 로버트가 왜 자신들보다 더 높은 곳에 서 있는지 알고 싶었다. 부탁하지도 않았는데 왜 로버트가 성호를 대변해 말하는 것인지. "그렇지만 희생자가 희생자를 침묵시키잖습니까."

로버트는 통일 한국을 만드는 가장 확실한 방법은 두 지역을 중앙에서 관리하는 것이라고 주장했다. 미국은 믿음직하지 못했다. 러시아는 공격적이었다. 일본은 권위주의적이었다. 중국은 자기네 문제도 모른 척했다. 남한은 불안정하고 허점이 있었다. 통일 한국은 민주주의를 위협하는 게 아니었다. 남한에 있는 기업들이 북한의 저렴한 노동력을 함부로 쓸 가능성에 관해서 물어보자, 로버트는 피할 수 없는 일이라고 했다. 쉽지 않은 희생 이야기를 했다. 사람들이 죽어나갈 터였다. 라디오 사과문, 인쇄된 사과문, 텔레비전 사과문이 올라올 터였다.

로버트가 말했다. "DMZ는 전장입니다. 미국과 소련이 점령 이후에 만든 경계죠. 동독과 서독을 나누던 베를린 장벽처럼요. 그 장벽이 무너진 뒤 한국인은 모두 낙관적으로 생각하게 됐잖습니까. 재통일은 가능한 일이었어요."

남자들은 로버트가 성호에게 갈 수 있도록 길을 열어주었다.

로버트가 성호에게 말했다. "저는 직접 본 적도 없으면서 벽이 있다고 생각했더랬죠. 그렇지만 뉴스에 나온 영상을 보고 깨달은 겁니다. 벽은 애초에 있지도 않았다는 걸요. 벽은 처음부터 없었어요."

성호는 문으로 향했지만, 팔 하나가 그를 막아섰다.

"성호 씨도 열심이시네요." 로버트가 성호를 풀어주었다. "그럴 줄은 몰랐는데요. 오늘 이렇게 의견을 나눠주시니 기쁩니다."

성호와 로버트는 서로 직교하는 대양이었고, 상대방의 해류를 자신의 흔적이라고 착각했다.

"언제까지 과거에서 사실 겁니까? 대체 왜 우리를 잔해 속으로 끌고 가는 건데요?" 성호가 따져 물었다. "왜 그렇게 손실을 따지는 거냐고요. 그런 건 이제 충분히 하지 않았나요? 저는 이제 굳이 뭘 더 잃고 싶지 않아요. 이제껏 저를 고통스럽게 한 손실이 자랑스러울 뿐이죠."

"성호 씨는 좀 구식이네요."

로버트의 말이 성호를 불안하게 만들었다. 로버트와 성호는 서로 잘 알고 있었지만, 충돌한 적은 거의 없었다. 로버트는 들창만 가지고도 사람 목을 부러뜨릴 수 있을 것처럼 생겼지만, 꼭 국립 도서관에서 책을 읽듯이 말했다. 로버트는 인텔리도 아니었고 폭력을 일삼는 정신 나간 사람도 아니었다. 결코 해를 끼칠 만한 사람이 아니었다. 그는 정치적인 목적을 가진 사람이 아니었다. 사람들을 경멸하지도 않았다. 그는 자신에게 반대하는 사람들에게 반대하지는 않았지만, 헛되이 목숨을 저버릴 수도 있었다.

성호는 8번 공을, 그 공이 이루는 곡선에서 가장 어두운 부분을 바라보았다. 빛은 그곳에서 제일 선명하게 빛났다. "구식이라." 성호가 혀 위에서 그 말을 굴려보았다. 그 말에 인숙과 강둑에서 보낸 밤이, 오래전 바싹 얽혔던 두 사람의 몸이 다시 머릿속에 떠올랐다. 전에는 로버트를 의심해본 적이 없었으나 이제 로버트가, 그러니까 로버트와 인숙 두 사람이 자신에게 무얼 숨겼는지 확신하게 된 것이다. 성호를 바라보고 있는 저 8번 공 안에서 말이다. "누가 당신한테 내가 구식이라고 하던가요?"

*

바로 그날 밤, 성호는 만새에게서 어빙턴에 세탁소 차릴 돈을 몰래 빌렸다. 건물에서는 금파리가 와르르 굴러다니는 유리 몽돌처럼 부드럽게 날아다녔다. 최근까지도 브라운스톤 다방의 창고로 쓰였고 그전에는 높은 굴뚝이 달린 화장터로 쓰이던 곳이다. 성호는 건물로 들어서는 문을 열고 들어가 기둥에 달린 거미줄을 치웠다. 창문 밑에는 유충이 우글거리는 주머니쥐 시체가 있었다. 성호는 곤죽이 된 시체를 바닥에서 집어 올려 처리했다. 버려진 탁자를 들고 왔지만, 어디에 둘지는 결정하지 못했다. 창문을 열었다가 차가운 공기에 얼른 물러났다. 인숙이라면 창고와 건조기를 마음에 들어 할 거라고 생각했다. "한 달이면 평생이나 마찬가지거든." 그때 인숙은 강을 따라 걸으며 성호를 놀렸다. 마치 떨어지려는 자기 자신을 붙들기라도 하는 것처럼 성호의 손이 황급히 얼굴 앞을 가로막았다. 인숙의 아버지가 실종되었을 때, 그때 성호는 무언가를 말했어야 했다. 결혼한 뒤 아내와 이야기를 나눈 달들을 세어본다면, 다 합해도 한 달이 채 되지 않을 터였다. 성호는 탁자를 가운데에 놓았다. 햇빛이 탁자를 땅에 붙들어두었다. 인숙이 일터의 동쪽에서 살라고 말했던 것을 떠올렸다. 그러면 어느 쪽으로 움직일 때든 해를 직접 마주 보며 걸을 일은 없을 거라면서.

*

성호는 인숙에게 보여줄 사진을 들고 집으로 돌아왔다. 공간이 만들어낸 여러 각을 찍은 사진이었다. 열린 창문, 깨끗이 청소한 바닥. 구석진 곳들과 비스듬한 선들로 이뤄진 필름이었지만, 넓게 비치는 빛이 한 장 한 장을 환히 밝혀주고 있었다. 성호가 하던 일을 그만두고 새로 시작해보려 한다는 데에 인숙은 놀란 것 같았다. 성호는 진작 알아차렸지만 한 번도 입 밖에 꺼낸 적은 없는 말을 인숙에게 건넸다. "헨리가 장인어른을 쏙 빼닮은 것 같아, 안 그래? 장인어른께서도 기뻐하실까?" 이 질문에 인숙은 깜짝 놀란 듯했다. 인숙이 성호의 손을 붙잡았다. 그녀의 말이 강둑으로 향하는 부드러운 흙바닥을 찬찬히 즈려밟으며 그를 이끌었다. "하는 짓은 아버님을 꼭 닮았던데, 그렇지? 우리 두 사람한테서 제일 좋은 면만 받아갔나 봐."

인숙은 마치 새처럼 날개를 펴지도 않고 그의 품 안으로 들어왔다. 가을 하늘은 사그러들고 있었다. 성호는 두 사람의 아들이 잠자리에 드는 것을 지켜보았다. 그리고 인숙 옆에 누웠다. 심장이 물에 씻겨나가는 것처럼 출렁 내려앉았다. 성호가 숨을 멈췄다가 내뱉고는 인숙의 손목 안쪽을 쓰다듬자 그녀의 가는 팔이 그의 가슴 위로 뻗어왔고, 둘 모두의 몸이 떨렸다. 인숙이 숨을 내뱉고 성호 쪽으로 목을 길게 빼며 눈을 반짝였다. 둘은 드디어 서로를 다시 사랑할 준비가 되었다. 한때 정원 그림에서 보았던 것만큼 성호가 그녀에게 가까이 다가가는 데 10년이 걸렸지만 말이다. 그곳에서는 풀밭이 있었고, 풀이 옆으로 누웠고, 바람이 풀줄기를 쓸었고, 구름은 약간 엮여 있었으며, 축축한 흙냄새가 났다.

III

빛의 군락

2000~2001

10

헨리
2000년, 새너제이

열일곱 살이 됐을 무렵, 학교가 끝나고 나면 골짜기를 읽어낼 수 있었다. 나는 발자국에게 물었다. 누구야? 멀리서 빛나는 빛에게 물었다. 어디야? 망가진 거미줄에게 물었다. 언제였어? 빛은 내 손바닥에 앉은 나방 날개를 통과해갔다. 키가 큰 풀에 난 부드러운 자국을 따라가며 굴이 나올 때까지 추척했다. 개들은 달리느라 숨을 헐떡이며 언덕 너머로 왔다. 마을 지도를 그릴 때면, 감각이 하늘 위로 떠올랐다. 새의 눈으로 내려다볼 때도 분리되어 있다는 기분은 전혀 들지 않았다. 삶이 붓에서 스스로 모습을 드러낼 때면, 나는 땅의 뿌리 위에 가만히 있었다. 타운 하우스에서 학교로 또 골짜기로 오고 가면서도 사라지지는 않았다. 사람들이 찾으러 온다면 나를 바로 찾을 수 있었다. 사람들이 따라올 수 없을 때면 내가 다가갔다. 누구에게도 걱정을 끼치지 않았다.

결코 찾아오지 않았던 종말이 두드러지던 6월의 나날을 보내며, 내 얼굴에는 구레나룻이 자라났고 머리카락은 귀 뒤로 넘길 수 있게 되었다. 어머니와 아버지를 읽어낼 수 있었다. 둘은 침실로 미끄러져 들어갔고, 처음으로 웃음소리가 인상에 남았다. 할머니가 세상을 뜨자, 두 사람은 맑은 수프처럼 무구해졌다. 보통 어머니가 아버지를 찾았고, 아버지는 어머니 목소리를 듣고는 즐거워하며 얼굴을 한껏 찡긋거렸다. 그러면 어머니는 밤에 잠들지 않은 채로 누워 있는 여자아이처럼 굴었다. 뺨에는 그림자가 지고, 손바닥 위에서 늦은 시간을 굴리며 아침이라는 공을 만드는 소녀처럼. 아버지는 그렇게 어두운 분위기 속에서 어머니를 끄집어냈다. 그러고는 말처럼 고개를 까딱였고, 부모님은 아무런 예고도 없이 방으로 모습을 감췄다.

당구장에서는 로버트를 읽어낼 수 있었다. 로버트는 신발 바닥으로 선을 긋기라도 하는 것처럼 당구장 뒤편을 오갔다. 그리고 입구에서 발소리가 들릴 때마다 고개를 들었다. 내가 왔다는 걸 알아차리면 꼭 뭔가 질문을 던질 것처럼 보였으나 결국 아무 말도 하지 않았다. 로버트는 다른 사업들을 정리하고 당구장에 공을 들였다. 도산과 해고 이후로 모이는 남자들이 줄어들었다. 로버트는 활동가, 시의원, 회사 대표 들을 초대했지만, 그의 말은 당구대 초크 너머로 퍼져나가지 못했다. 불과 10년 전만 해도 로버트의 귓가에서는 남자들도 여자들도 전율하곤 했는데, 로버트는 포기하지 못하고 젊은 여자를 고용해 자기 글을 기록해두도록 했다. 그 여자는 내 기억 속에 또렷하게 남았다. 하트 모양 얼굴에는 크고 짙은 눈이 있었고, 이가 완벽하게 나 있었다. 여자는 내가 걸어 들어갈 때면 문을 꼭 덫처럼 열며 나를 자세히 살펴보는 것 같았다.

*

일요일 오후였다. 아직 여름이었다. 햇빛이 내 얇은 피부를 얇게 떠냈다. 나는 타운 하우스 반대쪽으로 자전거를 밟았다. 계획은 없었다. 어떤 존재든 지나가며 잔물결을 남기는 법이라, 공기에 감도는 금속 맛을 따라갔다. 올로니대학 캠퍼스를 가로지르며, 빨간색 표지판과 초록색 화살표가 세워진 작은 언덕에 자리 잡은 모래상자 같은 사각형 건물들을 지나가는데, 당구장에서 봤던 젊은 여자가 눈에 들어왔다. 포스터를 들고 사람들 사이를 묵묵히 지나고 있었다. 캠퍼스에서 보기 전까지 그 여자가 대학생이라는 사실을 몰랐다. 그녀는 시멘트 바닥에 뚫린 네모난 흙바닥에서 자란 가느다란 나무에 포스터를 기대놓았다. 그러고는 포스터 앞에 팔을 벌리고 섰다. 마치 코트 걸이에 걸린 듯이, 십자가에 걸린 듯이, 비행기에서 뛰어내리듯이 말이다.

포스터에는 이렇게 쓰여 있었다.

나는 북한
사람입니다

프리 허그!

팻말 앞에 아이 하나가 멈춰 섰다. "북한 사람이에요?"

"그래." 젊은 여자가 말했다.

아이는 자기 어머니에게 달려갔다. 어머니는 연기이고 퍼포먼스라고 이야기해줬다. 그 모자는 안뜰 가장자리에서 팻말을 곱씹었다.

젊은 여자는 팔을 더 높이 치켜들었다. 사람들이 걸음을 멈추고 포스터를 읽었지만 다가가지는 않았다. 나는 농구 경기장 쪽에서 지켜보았다. 여름 계절학기 수업의 쉬는 시간을 알리는 종이 울렸다.

교수 하나가 그녀 앞에 멈춰 섰다. 교수는 수수한 치마 위에

스웨터를 입고 있었다. "마지막으로 식사를 한 게 언제죠?"

젊은 여자는 아무 말도 하지 않았다.

"캠퍼스에서 자는 건 아니죠?"

여자는 팔을 떨궜다. "저는 학교에서 살지 않아요. 그런 뜻으로 물으신 거라면요."

교수는 여자에게 돈을 쥐여주었다. "당신이 북한 사람이라서 아무도 당신과 프리 허그를 안 하려 한다는 걸 보여주려고 이러는 건가요? 무슨 의도로 이런 걸 하는 거예요?"

젊은 여자의 이름은 제니였다. 영어를 정말 잘했다. 중국어와 한국어도 뛰어났다. 자연스럽고 일상적인 영어 실력은 당구장에서 일하기 전, 미국 노인들을 돌보는 일을 하면서 얻었다. 그녀가 말했다. "베이징에서는 북한에서 도망친 사람들을 배에 실어 다시 북한으로 보냈어요. 여덟 살 때 중국에서 탈출해야 했죠. 우리는 몽골로 도망쳤어요. 몽골이 남한과 거래를 한다는 소문이 있었거든요. 사람과 나무를 맞바꾼다고요."

"사람하고 나무를요?" 교수는 거짓말이라고 했다.

"몽골은 사막이 많아서 나무가 필요하니까요."

"당신을 넘겨주고 나무를 받았다는 얘기예요?"

제니가 얼굴을 찌푸렸다. "공정한 거래예요. 미국인들도 곧 나무가 필요해질걸요. 저는 열여덟 살짜리 나무예요. 당신네 미국인들이 정치인들을 숭배하는 방식은 참 희한해요. 꼭 스포츠 팀을 응원하는 것처럼 정치인들 티셔츠를 사서 입잖아요."

교수는 비꼬듯 웃음을 지었다. "그쪽이 망명자면 아이비리그에 안 들여보내주나요? 게을러서 그렇다는 말은 말아요."

"도서관에서 잠을 자면서 지내는 동안 올로니에 지원했어요. 아무도 탈북민을 고용하지 않아서 남한에서부터 홈리스로 지냈거든요. 그렇지만 당신과 똑같은 곳에 오게 되었죠."

교수는 제니가 여기 있는 건 행운이라고 했다.

제니는 첨단 기술 조립 라인 노동자가 되는 걸 꿈꿨지만, 호흡기 질환에 대해 문제를 제기해서 해고당했다고 했다.

"당신을 넘겨받는 대가로 나무를 얼마나 많이 줬나요?"

제니는 충분히 예상했던 농담이라고 대꾸했다. 미국인들은 죽음과 고통을 불편하게 생각했다. 그렇지만 자본주의 경제학은 죽음과, 그러니까 인생의 가치와 다를 게 없었다.

제니가 말했다. "얼마나 많은지가 중요한 게 아니에요. 어떤 종류인지가 중요하죠."

"아, 심리학적이네요." 교수가 씩 웃었다. "그러면 계속 싹을 틔워보세요."

교수가 자리를 뜨자 어머니와 아이도 자리를 떴다.

제니는 다시 포스터를 고정하고 팔을 치켜들었다.

도저히 어쩔 수가 없었다. 나는 농구장에 자전거를 내던져놓고, 몇 걸음 만에 안뜰을 가로질러 가서 곧바로 그녀의 품 안으로 뛰어 들어갔다.

우리는 끌어안은 채로 서 있었다. 놀랍게도 그녀는 전혀 긴장하지 않았다. 그녀의 목소리가 누그러졌다. "너. 헨리구나, 맞지?"

내가 말했다. "프리 허그 팻말을 들고 여기 혼자 서 있으면 안 돼. 다들 뭔가 문제가 있다고 생각할 거라고. 그 교수도 팻말 가지고 뭐라고 했잖아."

"네가 옳다는 거네."

"네가 그렇게 생각한다면야, 뭐. 사람들은 자기가 어떤 행동을 해야 하는지를 직접 봐야 해. 우리는 단순한 동물 같으니까."

"그럼 너는 무모한 거네."

안뜰로 다가오는 사람들은 거의 없었다.

"난 무모하게 군 적 없는데." 나는 그녀에게 주변에서 어떤 일이 벌어지는지 살펴보라고 했다. "위험해 보이는 것에는 아무도 발을 들여놓지 않는걸. 다들 너한테 추궁받는 기분이었을 거야. 사람들은 자기가 원하는 게 있어야 찾으러 온다고."

그때 또 한 번 종이 울렸고, 열 명쯤 되는 사람들 무리가 우리 주위를 지나갔다. 어떤 이들은 멈춰 서서 우리를 관찰했다.

"십자고상은 과거로 먹고살잖아." 그러고 나는 팔을 내렸지만, 그녀를 풀어주지는 않았다. "너한테 필요한 건 다른 팻말이야."

제니가 말했다. "알겠어. 반역을 일으키려는 욕망은 소속되려는 욕망 때문에 희미해지기 마련이지."

다섯 명, 여섯 명, 그리고 일곱 명이 다가왔다. 그들이 우리 어깨를 붙잡았다.

나는 안뜰을 가로질러 교수를 향해 손가락을 뻗었고, 교수는 멈춰 서서 우리를 지켜보았다. 내가 말했다. "교수님을 위해서 프리 허그를 하는 게 아니에요. 자기 자신을 위한 거죠. 우리를 위한 거고요."

제니는 모여드는 군중을 받아들였다. 그러면서 나에게 물었다. "그런데 너는 여기 왜 왔니? 나는 너희 쪽 사람이 아닌데."

스무 명, 서른 명쯤 되는 사람들이 우리 주위로 모여들었다. 서로에게 팔을 두르고 어깨를 단단히 걸었다.

내가 말했다. "그게 중요하다고 생각했어. 우리가 같은 편에 있지 않다는 거."

"정말 놀랍네." 제니가 말했다.

그날 안뜰에는 학생들 수백 명이 모였다. 농구장에서, 강의실에서, 도서관에서 온 사람들이었다. 제니는 마치 자기가 처음 인천에 도착했을 때 같다고 말했다. 텅 빈 수하물 찾는 구역의 구석에서 조명 아래에 서서, 정부가 주거 제공을 중단하기 전에, 사장들이 도둑질을 했다고 몰아세우거나 동그란 얼굴과 붉은 입술을 한 북한 여자들에 관해 추궁하기 전에, 산에서 온 먼지가 아니라 담뱃재가 피부를 뒤덮는 서울 지옥이 되기 전에, 그녀는 전광판에서 번쩍이는 인류애를 보았다. 한가운데에 두 사람이 서 있었다. 그들은 부드럽고 지긋하게 눈을 맞췄다. 그림자의 가장자리가 바스락거렸다. 긁히는 소리가 티끌을 밝혔다. 날씨도 없고, 풀도 없었다. 도저히 손쓰기 어려운 갈등마저도 해소

될 수 있으리라는 생각이 들었을지 모른다. 연인들의 모습은 너무나도 가벼워 보였다. 꼭 무게가 하나도 나가지 않는 것처럼.

*

끔찍한 일들은 대체로 막을 수 있었다. 이런 일들은 도덕적이고 합리적인 경계를 넘어갔다. 아니면 너무 무시무시했거나. 무시무시한 지진이나 산사태처럼. 신의 진흙 같았다. 어느 주말 밤 당구장에서 제니는 소리 없이 입술을 움직이며 장부를 계산했다. 로버트는 며칠씩 연달아 자취를 감추곤 했다. 그 일에 관해서 묻자, 제니는 쟁반 아래로 지폐를 슥 밀어넣었다. "로버트 씨는 돈이 거의 다 떨어졌어. 친구도 많이 잃었고. 이제는 어린 손님들이 와. 이제 막 졸업한, 직장 없는 사람들 말이야. 아이러니한 건, 사람들을 통일하겠다는 꿈이 로버트 씨를 고립시켰다는 거지. 우리가 50년 동안 통일을 못한 데에는 다 이유가 있는데. 그렇지만 로버트 씨는 어떤 계획에 집착하고 있어."

제니의 손이 재킷 소매로 들어갔다. 왜 로버트 밑에서 일을 하느냐고 묻자, 제니가 말했다. "로버트 씨만 날 고용해주니까. 이 거리 전체가 개발하려는 사람들한테 팔려서 업무 지구로 바뀔 때까지도 일할 수 있어." 우리는 문을 넘어 평범한 세상으로 발을 디뎠다. 제니는 자전거 뒤쪽 짐칸에 로버트의 글을 묶고 그 위에 앉았다. 글에는 로버트가 남긴 소중한 생각들이 담겨 있었다. 사람은 자기 생각대로 살아야 하는 모양이다. 남의 생각은 단순한 쿠션이나 되고 말 뿐이니까. 제니는 바큇살과 페달을 밟는 내 뒤꿈치에 걸리지 않도록 발을 들었다.

제니는 스티븐스크릭 트레일을 따라서 석호까지 30킬로미터 넘게 이어지는 길 내내 손가락으로 방향을 알려주며 나를 이끌었다.

제니가 말했다. "로버트 씨는 이제 마흔다섯이야. 직접 한국에 가려나 봐. 그렇지만 위험하지. 자기 생각을 너무 크게 떠들었으니까."

나는 길바닥에 움푹 파인 구멍을 빙 돌아갔다. "당구장에서 일하기 전에도 로버트 아저씨 얘기를 들었던 거야?"

"로버트 씨를 모르는 사람이 있어?" 제니는 늘어진 내 머리칼로 장난을 쳤다. "로버트 씨가 부산항 근처에 있는 강당 얘기를 했어. 아마 그리로 가려나 봐."

우리는 터널을 지나갔다. 나무 밑으로 나갔다. "설마 로버트 씨를 떠받드는 쪽은 아니지?" 제니가 물었다.

뒷바람을 받으며 속도를 높였다.

내가 말했다. "나는 로버트 아저씨를 다섯 살 때부터 알았어. 나한테 개도 줬고, 개를 살려준 적도 있지. 로버트 아저씨는 저니* 노래를 들어. 제일 좋아하는 노래는 〈믿는 걸 그만두지 마〉

---

* Journey. 미국의 록밴드.

래. 로버트 아저씨는 공존하기를 바라면서 그저 자기를 추방시킨 나라에게 사랑받고 싶은 추방자일 뿐이야."

그때 새 한 마리가 근방으로 날아들었다. 내 쇄골을 짓누르는 발바닥, 내 가슴팍에 닿던 축축한 코를 떠올렸다. 마치 방금 본 새가 토토이기라도 한 것처럼.

"로버트 씨가 좋아하는 영화가 김정일이 좋아하는 거랑 똑같더라고. 제임스 본드 시리즈. 당구장에 있을 때면 그 영화를 항상 틀어놔." 바람이 거세졌고, 제니가 몸을 가까이 붙였다. "김정일이랑 똑같은 음료를 주문하고 똑같은 차를 몰지."

"그 영화를 싫어하는 사람이 있기는 해?" 내가 물었다. "그 영화가 〈타이타닉〉보다 별로인 것 같아?"

"한국 사람들은 〈타이타닉〉을 좋아해. 너무 한국적이니까."

나는 서서히 속도를 줄였다.

"도덕적 권위가 높은 사람들은 위험해." 제니가 내 귀에 대고 말했다. 그 말들은 마술사의 모자에서 흘러나오는 비단 같았다. "그 사람들 자아는 스스로를 도덕적이라고 보는 능력에 의지하고 있거든. 그래서 그런 사람들은 지도자가 되자마자 독재자가 돼."

*

석호는 어둑어둑했다. 제니는 플라스틱 망으로 된 울타리를 보더니 그대로 뛰어넘었다. 뻣뻣한 풀은 하얀 모래에 가로막혀 그 앞까지만 나 있었다. 염류 평지와 정박지가 있다는 이야기는 들었지만, 여기는 아니었다. 나무 사이로 바람이 불자, 가지가 물 밑에 있는 것처럼 움직였다. 차가운 물이 내 발목까지 올라와 둘로 갈라졌다. 석호에서 날개가 철썩이는 소리가 났다. 놀이터에서는 아무도 타지 않은 그네가 앞뒤로 움직였다. 내 뒤쪽으로는 꺾인 능선이 넓게 펼쳐져 평평한 골짜기를 이뤘다. 길게 갈라진 잎들이 공기를 모양대로 찍어냈다. 아래쪽에 자라난 풀들 사이로 물결 모양 하늘이 보였다. 별은 꼭 드넓은 회색 방수포에 뚫린 구멍 같았다. 마지막으로 남아 있던 구름들이 꼬리를 흔들며 부서졌다. 제니는 샌들 끈을 잡고 들어 올렸다. 물가에서 맨발을 담갔다.

우리는 옷을 내던지고는 물을 헤치며 들어갔다.

부표가 있는 곳으로 가니 물이 허리께까지 왔다. 은빛 수면에 잔물결이 일며 눈 뒤편까지 빛을 뿜었다.

팻말에는 경고가 쓰여 있었다. 구조 요원 없음.

제니가 부표 쪽에 있던 내게로 다가왔다. 팔 아래에 로버트의 글을 끼고 있었다.

그녀는 수평선을 바라보던 내 눈앞을 가로질렀고, 나는 로버트가 살아온 삶의 한 페이지를 그려보았다. "로버트 아저씨가 누군가를 해치고 싶어 했다면 다르게 굴었을 거야. 누구를 해칠 수 있다고 생각했다면 진작 그렇게 했겠지." 로버트는 자기 손목시계를 곧잘 들여다보았다. 시간이 천천히 흘러가기를 바랐는지, 빨리 흘러가기를 바랐는지는 알 수 없었다. 아니면 시간이 그를 붙잡고 놓아주지 않았는지도. "로버트 아저씨는 만약에 의견을 나누다가 자기가 잘못되었다는 걸 안다면 사과할 사람이라고."

그러자 제니가 로버트의 글을 한 장 한 장 공중에 뿌렸다. 곤충 수백 마리가 창백한 껍질에서 탈피하는 것 같았다. 종이는 바람에 날려갔다. 종이가 물에 내려앉아 우리 주변으로 원을 그리며 도는데도 제니는 태연했다.

"왜 그랬어?" 얇은 종이를 붙들기라도 하려는 것처럼 내 목소리가 튀어나갔다.

"로버트는 위험한 사람이고, 한국은 세계에서 손꼽히는 부패한 시스템을 지니고 있어. 인권 단체는 자기들이 지켜줘야 할 사람들을 위험에 빠뜨리고. 자기들한테 도덕적 리더십이 있다는 이미지를 퍼뜨리고 싶어 하는 미국 같은 나라한테서 지원금을 받으려고 망명자들 목숨을 위험하게 하지." 그녀가 계속 말했다. "네트워크들은 국가가 보호하는 유명한 망명자들에게 돈을 주면서 북한 사람들을 악마로 만들려고 해. 어디서든 선택받은 사람들만이 북한 사람들을 대신해서 말한다고." 제니는 몸을 떨었다. "나라를 통일해서 북한을 해방하자고? 누가 그런 소리를 해? USB 드라이브를 북한으로 밀반입시켜서 관료들이 가족들을 처형하게 만드는 인권 단체들? 인권 사안은 오염됐어.

전부 실패할 수밖에 없다고. 애초에 감금되는 사람이 있어야 풀려나는 사람도 만들 수 있는 거니까."

그녀는 자기가 내뱉은 말들이 석호 바닥에 닿기라도 한 듯이 똑바로 섰다.

"너도 바보처럼 굴지 마. 너는 남한에서 벌어지는 탈북민 자살 사건은 모르잖아. 법관들은 그런 건 있는 그대로 보고하지 않는다니까. 사실은 살인인데. 탈북민 사망 사건은 서울 본사에 서류 더미로 쌓이고, 공무원들은 따분해하고, 그러다가 겨우 어쩌다 한 번 사람들을 놀래키지. 북한 사람들이 죽는 일이 북한에서만 일어나는 일이었던 적은 결코 없어."

시간은 멈추기 전까지는 끔찍했다가, 그다음에는 무시무시해졌다. 우리 어머니의 맨 아래 서랍장도 다 찰 때까지는 끔찍했다. 불에 그슬린 제복, 병원 담요, 어머니에게 맞지 않는 한복 두 벌. 그다음에는 무시무시해졌다. 어머니와 아버지가 나이가 들면서 각자의 부모님을 그리워하는 일은 끔찍했다. 모두가 결국에는 고아가 된다는 사실은 무시무시했다. 우리 부모님이 갈라선다면 추억의 절반을 잃게 될 거란 사실은 끔찍했다. 자신들이 기억하고 싶은 것을 위해서 함께 지낸다는 건 무시무시했다. 내가 알고 있는 로버트는 끔찍할 리 없었지만, 만약 로버트가 지금 우리 곁을 떠나려 한다면 무시무시해질 수도 있었다. 바다에 있는 빙산이 무시무시한 것처럼. 배에 실린 구명보트에 관한 이야기는 끔찍했다. 그렇지만 가라앉는 배는 언제나 무시무시했다.

제니가 웃음을 터뜨렸다. "그렇지만 뭐가 어떻든 무슨 상관이야, 안 그래?" 그녀가 물을 차자 종이가 떠내려갔다.

제니가 물을 헤치고 가까이 다가오며 내가 모르는 게 엄청나게 많다고 했다. 그렇지만 그녀는 바로 그렇기 때문에 나에게 끌렸다. 내가 손에 닿지 않은 채 남아 있었기 때문에. 물은 내 등뼈 왼쪽 오른쪽을 건드렸고, 나는 팔을 들어 올리며 그녀에게 조금씩 다가갔다. 제니는 살짝 뒤쪽으로 누운 채 물에 떠 있었다. 나는 발을 모래에 파묻으며 뒤꿈치로 몸을 단단히 고정했다. 그녀는 물을 헤쳐가며 제자리에 머물렀다. 아래쪽에 깔린 모래에서 반사되는 달빛이 어둠 속 그녀를 밝혔다. 빛은 우리를 반투명하게, 물색으로 스며들게 만들었다. 위쪽으로 굽어지는 그녀의 등을, 허벅지로 하는 붓질을 보았다. 어깨에서는 물이 말라갔다. 나는 우리 몸이 정교하게 얽힌 모습을 내려다보았고, 우리는 움직이기 시작했다. 그리고 함께 흔들리며, 흐름과 함께 굴러갔다.

*

아침이 되자 종이는 모습을 감췄다. 제니는 내게 종이가 어디 갔는지 묻지 않았다. 나는 종이를 주워 빨랫줄에다 걸어 말리듯이 자전거에 매달고는 그대로 집까지 달렸다. 잉크가 번진 종잇

장들이 주위로 펄럭이며, 페달을 밟으면 생겨나는 맞바람에 날개를 폈다. 한 장은 손잡이에 매달려 있었는데, 잉크가 번졌어도 여전히 내용은 읽을 수 있었다. 로버트의 신조, 그가 땅 위에 세워둔 전단 팻말이었다.

동족 살해란, 우리가 공유하는 인간적 조건의 정의에 따르면 자살이다. 지구상에 있는 모든 사람은 한국의 통일, 그리고 궁극적으로는 우리 자신의 통일에 대해 책임이 있다. 이는 응당 숙고하고 조심스럽게 행동에 옮겨야 하는 책임이다.

돌아오는 길, 당구장에 들렀다. 종이들을 현관 앞에 정리해두었다. 모서리가 잔뜩 접힌 어떤 페이지들은 단어 사이로 꼬리를 감추고 있었다. 읽히고 또 누군가의 품에 들어가기 전에 쉬어야 했다. 단어들은 공기 중에다 발바닥을 치켜든 채로 사람들을 만났으며, 어둠 속에서 반짝이는 개의 촉촉한 눈에서는 초여름 비 냄새가 났다. 여기 쓰인 글들이 로버트 앞에 펼쳐질 일들과 함께해주기를 바랐다. 당구장을 마지막으로 한번 바라보았다. 로버트가 갈피를 못 잡겠다는 기분을 느끼지는 않기를, 또 발이 향하는 곳이라면 어디에든 속할 수 있다는 사실을 이해하기를 바랐다. 이 종이에 쓰인 말들은 전부 바다만큼 오래되고 친숙하게 울부짖고 있었기 때문이다.

11

인숙
2000년, 터코마

4년 전 후란의 장례식을 치른 후부터, 성호는 퇴근하고 돌아오면 주로 어머니와 나누던 이야기들을 내게 했다. 성호는 우리 사이가 어쩌다 소원해졌는지 궁금했을 것이다. 그 오랜 세월 내내 성호는 덫에 걸린 새였다는 것을, 그리고 거칠게 버둥거리다가 제 날개를 부러뜨렸다는 것을 알 수 있었다. 후란이 세상을 뜨고 얼마 지나지 않아, 성호와 나는 마치 두 번째로 만난 것처럼 지낼 수 있게 되었다. 나는 성호가 어머니에게서 무엇을 원했는지 생각했고, 후란이 성호를 위로하던 방식을 똑같이 따라 했다. 아침에는 미숫가루를, 저녁에는 약초 달인 탕을 준비했다. 머리가 아프다고 하면 성호의 엄지와 검지 사이를 눌러주었다. 오감을 안정시킬 수 있도록 목욕물을 받아주었다. 로버트를 찾아가는 일은 그만두었다. 그는 분명 내가 자기 펜 앞에 나타나는 종이라도 되는 것처럼 나를 찾으려고 했겠지만.

성호는 전보다 훨씬 부드러운 목소리로 내게 말을 걸었다. 그는 어빙턴에 세탁소를 열었다. 세탁소는 안정적인 직장이었다. 성호가 말했다. "전쟁 중에도 세탁소는 교회처럼 계속 열려 있었어. 깨끗하다고 느끼는 게 사람들한테 도움이 되니까 말이야." 4년 후 세탁소를 내놨을 때 높은 값을 받았고, 성호는 내게 뭘 하고 싶은지 물었다. "다른 사람들은 나이 든 부모님 병원비를 대느라 허덕이고 있어. 우리 어머니는 선물을 주신 거야. 그렇게 일찍 떠나셨으니 말이야. 어머니는 항상 깔끔한 분이었어." 성호는 솔직하게 말했다. 후란이 살아 있었다면 결코 그렇게 말하지 않았겠지만. 우리는 성당에 가지 않게 되었다. 미사 때마다 빈자리가 보였고, 새로운 가족들이 들어왔다. 자리는 더 차갑고 딱딱하게 느껴졌다. 유리창이 난 방에 있는 아이들은 무리 지어 울었다. 성찬식이 끝나고 나오면서 양해를 구해야 한다는 생각은 애써 하지 않았다.

"우리는 왜 여기 남아 있는 거야?" 내가 성호에게 물었다.

성호는 예전처럼 내 생각을 무시하지 않았다.

"그동안 견디기 힘들었다는 거 잘 알아. 당신은 우리한테 충분히 할 만큼 해줬지." 내가 들은 말 가운데 제일 사과에 가까운 말이었다. 폭포처럼 열린 빛 속에서 성호의 목이 내 쪽으로 기울었다. 후란이 사라지자, 내가 후란과 성호와 보냈던 시간이 그저 악몽에 불과했던 것 같은 기분이 들기 시작했다.

"북쪽으로 가고 싶어?" 그가 물었다.

"비가 오는 곳이면 어디서든 새로 시작할 수 있어."

"어디로 가야 하는지 당신이 얘기해줘." 그러고는 성호는 손을 입에다 가져다 댔다. "나는 그냥, 이제 더는 모르겠어." 성호의 뼈가 귀뚜라미처럼 가볍게 보였다. 성호는 날개를 펴고, 그가 우리 두 사람을 위해서 내릴 수많은 옳은 결정 가운데 첫 번째가 될 수도 있는 소리를 냈다.

*

내가 충치를 발견했을 때, 성호는 마흔셋이었다.

문간에서 성호가 내게 입을 맞추려고 몸을 기울이자 입에서 악취가 풍겼다. 입안은 불이 모두 꺼진 집 같았다. 이 한 개를 하려면 200달러가 들었다. 임시로 처치하는 건 60달러였다. 우리에게 60달러도 없던 시절이 있었다. 치과에 가는 길에 성호에게 물었다. "이 아프단 얘기 왜 안 했어?"

앞유리에 참나무가 비쳤다.

"별문제 아니잖아." 그가 말했다.

"어머님은 입 냄새 지독한 거 싫어하셨는데."

"그랬어?" 성호가 조수석에 앉아 창밖을 내다봤다. "나한테는 그런 말씀 한 번도 안 하신 거 같은데."

"어머님은 돼지 냄새도 싫어하셨어. 그래서 세 번이나 씻은 다음에 삶아야 했지. 두 번도 충분하지 않아서." 나는 핸들을 붙잡은 손에서 힘을 풀었다. 그 누구보다 후란을 잘 아는 사람은 나였으리라.

"당신, 꼭 어머니처럼 얘기한다."

"어떻게 그걸 몰랐어? 몸에서 제일 아픈 데가 눈, 입, 사타구니라는데." 성호에게 손가락 세 개를 들어 올렸다. "다른 데는 몰라도 거기는 거짓말 못해."

"그냥 안고 살았지." 성호는 활짝 웃었다. "당신하고 사는 것처럼."

주차장에 차를 대는데, 건물 사이로 해가 떨어지고 있었다. "농담은 그만하고. 왜 그랬는지 얼른 얘기해봐."

"이가 썩도록 내버려둔 게 아니었어. 이랑 친구가 되고 있었던 거야." 성호는 악취를 풍기는 입을 신경 쓰며 말을 삼갔다.

"당신 해골에서 충치를 찾아내기 전까지 나도 모르고 살았을 뻔했네."

성호는 검은 석탄처럼 구멍이 잔뜩 난 아스팔트 위로 내 걸음을 따라왔다. 혀로 입안을 이리저리 찔러대면서.

내가 말했다. "그 이 말이야. 오늘 빼자."

"그냥 두면 안 돼?"

"썩은 이를 놔두고 싶어?"

"며칠 전까지만 해도 괜찮았어. 이건 내 일부야. 알겠어? 이게 자연스럽다니까."

갑자기 웃음이 터져나왔다.

"심장이 아플 때가 제일 아프지." 성호가 가슴팍에 주먹을 가져다 댔다. "제가 좀 외로워서요. 운전 강습이 필요할 것 같은데, 운전 강사를 좀 해주실래요?"

나는 성호의 팔을 살짝 때렸다. "나한테 작업 거는 거야? 운좋은 줄 알아. 어머님이 계셨으면 우리 사이에 당신 말고는 아무도 안 들이셨을 거야. 특히 운전 강사는 안 되고."

성호가 문 앞에서 멈춰 섰다. "만약에 우리가 떠나면 헨리도 따라올까?"

"사랑은 일방통행이야. 아이들이 부모를 사랑하는 것보다 부모가 아이를 훨씬 더 사랑하거든." 내가 말했다.

성호가 가슴 가득 숨을 들이쉬었다. "헨리가 같이 안 간다고 해도 그 애 이에 구멍은 안 났으니까 괜찮지!"

내가 말했다. "그러게. 당신보다는 좀 낫네." 그런 다음 성호를 데리고 안으로 들어갔다. 뒤에 있는 문이 닫히기도 전에 우리 둘 모두 고개 숙여 인사를 했다.

우리가 이렇게 서로 터놓고 이야기했던 건, 지난 세월 동안 더는 얼굴에 둘러친 천을 뚫고 이야기할 필요가 없는 듯 이야기했던 건, 아마도 대학 시절 강둑을 따라 걸은 날이 마지막이었을 것이다. 그날 저녁, 나는 전에는 한 번도 한 적 없는 일을 했다. 내 지갑을 열어 성호에게 빛나는 금니를 해준 것이다.

*

어느 봄날 나는 노란빛 멜론 한 접시를 내놓았고, 짐을 옮기던 사람들은 멜론 조각을 입에 넣었다. 가지고 있는 건 결국 얼마 되지 않는다고 내가 말하자, 일꾼들은 인간은 빈손으로 태어나서 빈손으로 떠나는 법이라고 했다. 그들은 터코마까지 왔다가 다른 바다를 찾아 떠나는 고래들처럼 다시 차를 타고 캘리포니아로 돌아갔다. 레이니어산에서 80킬로미터쯤 떨어져 있고 워싱턴주 퓨젓사운드에 접한 항구도시 터코마에는 대형 트럭, 배, 기차가 힘차게 오갔다. 염전, 공장, 정제 공장에서는 유황 냄새가 났다. 시내에는 박물관이 문을 열었고, 가게 앞에는 임대 안내 팻말이 놓여 있었다. 새로 닦은 길에는 흰색 페인트가 칠해져 있었는데, 꼭 엑스레이 사진 속 은은하게 빛나는 뼈 같았다.

2층짜리 집에는 침실 세 개, 욕실 두 개, 차고 하나, 그리고 비탈진 잔디밭이 있었다. 나는 빛을 모으려고 거울을 벽에 여러 개 달았다. 성호는 골동품 시계, 가죽 리클라이너, 어두운 오토만 의자를 놓아 그림자를 더했다. 성호와 있을 때는 헨리 생각이 별로 안 나서 미안한 마음이 들었다. 아이와 달리 남편은 보살핌을 잘 받고 있었다. 매일매일이 대부분 성호의 어깨로, 올라갔다 떨어지는 성호의 입꼬리로, 또 성호의 발걸음이 계단에 남기는 충격으로 채워졌다. 성호는 아치형 천장 너머 어둠이 고인 어딘가를 쳐다보면서, 요즘 머릿속을 가장 많이 채우는 질문을 던졌다. "헨리가 이리 올까? 당신은 헨리가 어디로 갈 것 같아?"

나는 현관 옆에 놓은 아치 모양 거울 너머로 성호에게 웃음을 지었다. 거울은 미소를 더 크게 만들었다. "헨리가 세상에서 제일 좋아하는 건 바로 세상이야."

성호는 손에 리모컨을 들고 리클라이너에 자리를 잡았다. "꼭 어린 아버지가 자라면서 내가 아는 우리 아버지 모습이 되는 걸 지켜보는 것 같네. 내가 할 수 있는 게 없어."

텔레비전이 끼어들었다. 수많은 방송국에서 남북 정상회담을 보도했다. 휴전 이후, 북한과 남한의 지도자가 처음으로 만났다. 이들은 하나의 중앙 권력이 집권하는 통일 한국에서 두 지역을 관리하겠다는 계획을 발표했다.

성호가 텔레비전을 껐다.

"뭐 하는 거야?" 내가 말했다.

"수영하러 가자."

"성호 씨, 저거 중요한 내용이야."

성호가 가까이 다가왔고, 내가 밀어내자 그의 웃음소리가 방을 가로질렀다. "수영하러 가자고."

"그래. 수영하러 가도 되지." 내 대답을 들은 성호는 난간에 손바닥을 얹고 2층으로 올라갔다. 상자를 뒤적이는 소리가 들렸다.

곧 성호가 난간 위에서 수영복 바지를 내밀었다. "백기네." 그러고는 흔들었다. "보여?"

"그냥 못생겼어. 당신도 못생겼고."

"짚신도 짝이 있댔어. 아무리 못나도 말이야!"

나는 언덕 꼭대기에 있는 집으로 이사를 왔더니 남편이 장난 꾸러기로 변했다며 성호를 타박했다. 타운 하우스 1층은 움푹 파인 도로 바닥 아래쪽에 있었다. 땅으로 이사를 오니, 성호의 한 부분이 발굴되었다.

성호는 아래층으로 내려와 내 손을 잡았다. 내 손가락을 까칠하게 돋은 자기 수염에다 문질렀다. 꼭 프라이팬에서 전이 지글거리는 것 같은 소리가 났다. "간지럽잖아. 이 아저씨가 왜 이래." 나는 그를 또 한 번 밀쳐냈다.

20년이 흐른 뒤에야 우리는 집 안의 이 방 저 방으로 서로를 쫓아가고 더듬으며 가슴 속에서 차오르는 흥분을 느꼈다. 이성에는 귀를 기울이지 않고 소파와 리클라이너를 넘어뜨렸으며, 막걸리처럼 진한 공기 속에서 뛰어다니고 키득거렸다. 꼭 바위에 묶어두었던 끈이 풀리는 바람에 캔맥주가 강을 따라 떠내려 갔을 때 서둘러 뒤쫓았던 것처럼. 그렇지만 그건 오래전 일이었고, 지금은 그저 우리뿐이었다. 체로 밀가루를 치듯 시간은 부드럽게 흘러갔고, 무성한 덤불이 우리 창을 두드렸고, 내 앞에 난 단 하나의 좁은 길처럼 성호의 빛나는 금니가 거기에 있었다.

*

문을 밀고 함께 집을 나서서 길 아래편으로 조심조심 발걸음
을 내디뎠다. 손에는 반바지와 수영복이 들려 있었다. 머리 위
지붕선 때문에 우리 그림자가 한층 더 짙어졌다. 어른어른한 은
빛을 내는 가로등을 따라갔다. 보폭을 맞춰 걸었다. 바닷가로
향하는 비탈에는 우리 둘뿐이었다. 밤은 따뜻하고 길은 넓었지
만 우리는 옹기종기 붙어서 갔다. 가파른 언덕을 따라 내려오는
우리 둘 사이에는 틈이 없었다. "당신을 보니까 누가 생각나네."
내가 말했다.

성호가 눈썹을 치켜올렸다. "그래?"

"오래전에 만났던 다정한 남자."

"어땠는데?"

"글쎄, 좋은 남자였지."

"확실해?"

"키도 크고 잘생긴 남자였어."

"왠지 알 것 같은데."

"당신은 이런 데서 뭐 해?"

"좋은 여자를 찾고 있지."

"아, 그러셔. 얼마나 됐어?"

"20년쯤 됐나."

"나는 쭉 여기 바닷가에 있었는데." 내가 그렇게 말했다.

"우린 그냥 서로를 그리워했나 봐."

성호의 손이 내 셔츠 아래를 돌아다녔다.

"나는 당신이 좋은 남자인 줄 알았는데."

"나야 아주 좋은 남자지." 성호가 말했다.

성호는 나무 소리, 파도 소리가 들리는 곳으로 나를 급하게 데려갔다. 머리 위로 까마귀들이 나타나 보이지 않는 철사를 따라 내려가듯 미끄러졌다. 왜가리 하나가 바닷가 말뚝 위에 서 있었다. 해안에는 아무도 없었다. 우리는 옷을 벗고 바람과 우리 주위를 흐르는 공기를 받아들였다. 물속으로 발을 내딛고 물살을 헤치며 부두 너머로 가서는, 아무 말 없이 제각기 물을 떠다녔다. 그러고는 다시 왔던 곳으로 돌아가며 우리 사이의 공간을 메우고 기둥을, 모래를, 우리 몸을 집어삼키는 짙은 푸른색을 바라보았다. 성호가 물속에서 나를 안아 올렸고, 나는 성호의 허리에 다리를 둘러 그를 더 가까이 끌어당겼다.

멀리 있는 섬에서 흘러나오던 빛이 사라지자, 도시 전체가 떠내려간 것 같았다. 마치 불을 향해 파닥이며 들어갈 때 환해지는 나방처럼, 신이 알아보도록 죽음이 우리를 환하게 밝히는 게 분명했다. 오랫동안 나는 성호가 나보다 못하다는 사실을 떠올리지 않고서는 성호를 도우려 들지 않았고, 그러는 동안 성호는 한결같이 나를 갈구했을 것이다. 어떻게 그럴 수 있었을까. 그 사실을 깨닫자 깊은 물이 나를 죄책감으로 채웠다. 물에서 빠져나와 숨을 쉬었다. 성호는 내 배에, 그리고 내 엉덩이에 몸을 붙였다. 그 얼굴에서 날 선 갈망이 느껴졌다. 오랜 세월 내내 나는 성호가 잔혹하다고 생각했다. 그렇지만 혼자가 되자 성호의 기쁨은 내 몸보다 컸다.

12

제니
2000년, 새너제이

상황은 달라졌고, 제니는 때가 다가온다는 사실을 알고 있었다. 해는 수평선에 닿을락 말락 했고, 여전히 그 모든 일이 떠올랐다. 겨우 3주밖에 안 됐다고? 근육은 갈가리 찢어졌고, 마른 목과 성난 가슴에서 아픔이 느껴졌다. 정맥은 튀어오르고, 부어오른 발목은 접히질 않았고, 그녀가 이해하려고 애쓸수록 배가 딱딱해졌다. 매일 밤 물속에서 아기가 연체동물처럼 몸을 만 채 숨을 쉬며 제니가 갈망하던 자두와 살구를 훔쳐갔다. 그녀가 쓰러져 잠들 때까지, 악몽에 갇힐 때까지 말이다. 잠에서 깰 때면 머리는 콘도르의 발톱에 잡혀 산산조각 난 날달걀 같았다. 어떨 때는 팔다리가 찢어진 것처럼 욱신거렸다. 그렇지만 석호에서 수영을 하고 승합차 안에서 꼭 붙어 지내고 모래 위에서 소란을 벌이던 시간이 있었다. 그러는 내내 제니는 사랑에 빠져들었다. 그렇게 헨리와 함께 보냈던 날들을 떠올리면 제니는 그때와 똑같은 오한이 들었다. 헨리가 머리를 털자, 가을바람이 머리칼을 쓸었다. 아기가 마침내 부드럽고 다정한 얼굴을 보여주었을 때 제니는 스물이었다.

*

석호에서 밤을 보낸 후 제니는 한낮에 그를 보았다. 제 물건을 더플백에 챙겨 돌아와서는, 가방은 발치에 두고 몸은 받침대에 세워둔 자전거에 기대고 있었다. 제니는 나가는 길목에 세워둔 형광 초록색 승합차로 그를 데려갔다. 문을 여는 제니를 따라 헨리 목소리가 들렸다. "여기서 혼자 사는 거야?" 그녀는 고개를 끄덕이며 아무도 본 적 없는 곳이라고 말했다. 헨리는 접이식 계단을 뛰어올라, 방금 막 손에서 놓친 벌새처럼 제니 앞을 질러 나갔다. 승합차 안쪽은 널찍했다. 제니는 안을 개조해서 벽으로 접어 붙일 수 있는 서재와 부엌을 만들어두었다. 금속 받침대를 펼치면 식탁을 늘릴 수 있었다. LED를 집어넣으니 나무판자로 만든 조리대가 나왔고, 그 아래에는 이동식 냉장고가 있었다. 내부에 시설을 제대로 갖춘 차체는 덜컥거리며 가까워졌다가 멀어지면서, 꼭 필요한 물건들을 매달아둔 채로 제니 주변을 빙글빙글 돌았다. 오랜 시간에 걸쳐 서로 맞물리도록 만들어진 부분들이 하나의 생태계처럼 닻을 내리고 있었다. 그 안을 누비는 그녀의 모습에 헨리는 호기심이 동한 것이 분명했다.

제니는 차가운 육수가 담긴 플라스틱 물통을 꺼냈다. 머리 위 찬장에서 꺼낸 스테인리스스틸 그릇 두 개에 육수를 부었다. 프로판 가스통이 소리를 냈다.

그녀는 물을 끓이고 가느다란 면을 집어넣었다. 나무판을 임시 도마로 삼아 오이와 배를 썰고 삶은 달걀을 깠다.

제니가 어깨를 으쓱하며 헨리의 손을 떨쳐냈다. "얼마나 있을 생각이야?"

헨리는 의자에 앉았다. "당분간은. 네가 괜찮다면."

제니는 헨리가 조만간 떠날 거라고 말하는 것을 들었다. "당분간이라고? 부모님이 찾지 않을까?"

헨리는 더플백을 자리에 던지고 짐을 풀었다. "어머니는 우리 아버지 말고는 아무도 안 찾으셔. 잘된 일이지." 그러고는 턱으로 도마를 가리켰다. "그거 물냉면이야?"

제니는 행주로 그릇을 닦았다. 더는 걱정하는 기색 없이 신난 마음을 드러냈다. "이 국물이면 머리 꼭대기까지 뻥 뚫릴걸."

감자 전분으로 만든 면을 끓는 물에서 살짝 익혔다가 수도꼭지 아래서 헹궜다. 한 주먹 쥐어 머리칼처럼 만 다음 그릇에 빠뜨리자, 철판에 육수가 튀었다. 가볍게 정리를 하며 고명을 준비했다.

"어떤지 말해봐." 제니가 말했다.

물냉면은 북한의 명물이었다. 시베리아의 날씨와 산맥은 뿌리채소를 기르기에 적합했다. 전쟁 중에 도망치던 사람들은 냉면을 좋아하는 입맛을 챙긴 다음 말과 소에게 채찍질을 하며 길을 나섰다. 이 별미는 금속제 그릇에 감칠맛 나는 차디찬 육수를 담고, 오이, 무, 배, 완숙으로 삶은 달걀, 그리고 하도 길어서 쉽게 끊어먹을 수 없는 면을 가지런히 얹어서 내는 음식이다. 제니는 언제건 여름 풀밭 위에 드러누워 있을 때면 냉면 생각을 했다.

헨리가 손바닥으로 그릇을 들어 후루룩 마셨고, 젓가락으로 면과 고명을 입에 집어넣었다.

얼굴에서 세찬 기쁨이 느껴졌고, 더불어 몸도 떨렸다. 그가 고개를 뒤로 꺾어 남은 육수를 들이켰다.

제니는 빈 그릇을 조리대에 올려두었다.

헨리는 허파 한가득 숨을 들이마셨다. "달다."

"모리오카 레이멘."* 일본 모리오카로 도망친 북한 피난민들은 물냉면 가게를 열었다. 제니가 말했다. "북한에 있을 때는 너무 가난해서 물냉면을 못 먹었어. 그래서 물냉면에 설탕을 넣는 줄 몰랐거든. 남한에서는 설탕을 뺐어. 그런데 웃긴 게 뭐냐면, 일본에서는 설탕을 계속 넣었다는 거야. 야오한에 있는 일본 요리사들이 보여주더라."

"우리 아버지는 일본 음식은 너무 달다고 불평하셔. 그런데 물냉면도 달달하네." 그가 말했다.

---

* '냉면'을 일본어로 음독하면 '레이멘'이 된다.

"내가 제대로 된 물냉면을 처음 먹어본 건 여기 미국에 와서야. 고정관념을 갖고 있던 나라였지. 쇼핑몰 가까이는 가지 마라, 서로 총을 쏴댄다, 아내를 여러 명 둔다더라, 성경에 미친 광신도들이 있다. 그렇지만 이건 모두들 동의했어. 미국 록 음악이 없으면 세상은 지옥일 것이다."

제니는 냉장고를 굴려 집어넣고 조리대 위로 책상 상판을 덧씌웠다. 화면을 끌어와서 경첩으로 고정했다. 모니터를 왼편으로 가볍게 두드렸다. 제니가 한반도를 확대했다. "너희 한국인들은 한국 사람을 한인이라고 부르지." 그러고는 북쪽을 가리켰다. "그렇지만 나는 조선인으로 자랐어. 조선은 일본이 오기 전에 한반도에 있던 마지막 왕조야." 제니는 두 한국 사이 가운데에 경계선을 놓았다. "이 아래쪽으로는 미국인들 때문에 영어에서 가져온 한국어를 쓰잖아. 우리는 그렇게 안 해. 북한은 우리 한국어를 지키고 있지. 그래서 북한 사람은 자기가 한국인인지 의문을 품는 법이 없는 거야."

헨리가 스스로를 가리켰다. "한인."

"조선인."

한국어 글자는 이렇게 불렀다. "한글."

"조선글."

"멋있네."

"내 말은 그거야, 로버트는 무엇보다도 이런 느낌을 원해. 로버트 같은 사람들은 자기 있는 모습 그대로, 아무런 질문도 안

받으면서 지내는 데에 매달리거든."

헨리는 금속 그릇을 내려다보며 얼굴을 찌푸렸다.

"로버트는 자기에게 어떤 선택지가 있는지 알고 있어. 핵무기랑 암살의 시대는 지났지. 침공은 위험하고. 꼭두각시 지도자는 사라졌어. 북한에 봄이 오려면 아직 멀었어. 로버트는 남한의 봄을 바라고 있지. 로버트가 한반도 전체를 그려둔 깃발을 너도 봤을 거야. 그렇지만 그런 깃발이 과거에 벌어졌던 일을 바꿀 수는 없어. 오히려 과거에 일어났던 일을 지우지." 제니가 그릇을 두드리자 딸그랑 울리는 소리가 났다. "이건 뭔가 새로운 거야. 우리가 한 번도 본 적 없는 거 말이야. 과거를 지우지도 않지. 앞으로 나아가면서도 과거를 우리 곁에 두거든."

모리오카 레이멘은 제니가 떠나온 보호막 같은 세상의 맛이라고 생각했던 것을 불러일으켰다. 평양 외곽의 제니네 아파트에 있던, 오랜 시간 쌓인 멋을 풍기던, 손으로 직접 꽃을 그린 벽지 같은 것을. 아파트와 벽지는 지나온 삶 하나하나를 떠오르게 했고, 금속 그릇 안에 담긴 날카로운 맛은 불가능한 생활 조건을 비췄다. 너무나 어린 나이에 그 모든 고단함과 의심을 겪은 나머지, 어린 시절에 관한 기억은 별로 남아 있지도 않았는데 말이다. 그녀가 기억하는 건 천 개의 눈 속에서 사람이 얼마나 울어댈 수 있는지, 인간이 파괴되는 가운데서도 거센 목소리가 어떻게 노래로 터져 나올 수 있는지 정도였다. 그 하나하나가 희구와 망설임과 분노에서 떨어져 나온 것이자 그 일부였고,

강렬한 희망이 되어 요동쳤다.

헨리가 눈을 감았다. "예쁘다는 말이 뭐였지?"

"단어를 말하는 거야?"

"아름다워지."

제니는 헨리 옆에 서서 아름다워라는 글자를 머리 꼭대기에 썼다. 그 형상은 호수, 불, 집, 사람 같았다. "헨리야, 아름답다는 말은 언제나 똑같아."

*

제니는 메스꺼움을 느꼈다. 가장 최근에 아팠던 게 언제였는지 기억나지 않았다. 헨리가 승합차에서 같이 사는 걸 어떻게 생각하느냐고 물어서, 제니는 미소를 지으며 헨리에게 힘을 실어주었다. 다시 묻는 것을 보니 헨리는 제니의 상태를 모르는 게 분명했다. 제니는 아무런 말도 하지 않으려 조심했다. 헨리가 모른다는 걸 확신할 수 있었다. 멍하니 석호를 휘저으며 돌아다니기만 했으니까. 제니는 승합차도 승합차가 안겨주는 기분도 좋아했지만, 몸을 조금 풀기 위해 밖으로 나섰다. 시간이 천천히 흘러가며, 몇 시간쯤 속도가 느려졌다. 해는 높이 떠 있었다. 아르마딜로 껍질 같은 야자나무는 주차된 차들의 앞유리에 꼬투리를 떨궜다. 먼지떨이 같은 아기 야자나무는 까마귀들이 남은 음식 찌꺼기를 먹느라 쪼아대는 아스팔트 도로를 따라 늘어서 있었다.

대학에 갈 생각이 있느냐는 제니의 말에 헨리는 불을 피우기라도 할 것처럼 손을 비볐다. 무슨 생각을 하고 있는지 알 수 없었다. 왜 그런지는 몰라도, 제니는 헨리가 너무 멀리까지 떠돌아다닐 것 같은 기분이 들었다. 어쨌건 자신이 헨리에게 이끌린 것도 꼭 물속 피라미처럼 미끄러지듯 다닌다는 점 때문이었으니까. 제니가 질문을 너무 많이 던질 때면, 헨리는 자전거 손잡이 앞 자기 품 안에 제니를 앉히고 스티븐스크릭을 따라서 부드럽게 나아갔다. 웃음소리가 자전거를 더 빨리 굴렸다. 바퀴가 나아가거나 헨리의 마음이 나아가거나 둘 중 하나였고, 그 중간은 없었다. 열여덟 살 헨리에게는 온 도시에 길을 그리며 다니는 일이 기쁨이었다. 헨리의 실루엣은 민둥한 언덕과 길게 자란 양치식물을 헤치며 구불거리며 나아갔고, 촉촉한 진흙길을 따라갔다.

제니는 승합차를 바닷가 더 가까이로 옮겼다. 손톱으로 운전대를 움켜잡았다. 라디오를 켜고 지역 방송을 틀었다. 백미러에서는 네모난 태양이 전속력으로 달리고 있었다. 줄지어 늘어서 있는 철판을 댄 차양들을 지나쳤다. 제니는 양해를 구하고 간이 화장실로 걸어갔다. 배에 힘을 주며 음식을 밀어냈다. 오후가 되면 발끝부터 시작해서 온몸이 아팠다. 목구멍이 타들어가는 것 같았다. 헨리와 함께 물가를 향해 걷다가, 둘이 얼마나 가까워졌는지 깨달았다. 헨리에게 매달리는 것도 아기를 없애버리는 것도 상상할 수 없었다. 생각을 추스르고는 다시 풀어두지 않았다. 제니가 말했다. "혹시 가야 한다면, 적어도 그분들 이야기는 들려줘."

헨리가 파도 속으로 미끄러져 들어갔다. "우리 부모님? 부모님은 나보다 너를 더 좋아하실걸. 여기서 하도 오래 사셔서 남한 사람 빼고는 다 좋아하시거든."

마치 헨리의 부모님이 제정신이 아닌 것 같다는 인상을 주는 말이었지만, 제니는 고개를 끄덕였다. 그러고는 석호를 떠다니는 헨리를 쳐다보며 말했다. "그분들이 벌써 마음에 드네. 너는 남한에서 왔고 나는 북한에서 왔으니, 우리가 어떻게 보일까?"

파도가 부서지며 거품을 일으켰다.

헨리는 물에서 나와 제니를 향해 한참을 걸어왔다. "물냉면처럼 보이지 않을까."

"설탕 넣은 걸로." 제니가 말했다.

어두워지자, 둘은 모래에 침낭을 깔고 그 안에 들어가 몸을 웅크렸다. 차오르는 달을 보았다. 맑은 하늘에 빛이 멀리 퍼졌다. 처음에는 아무런 소리도 없었다. 그러다 헨리의 숨이 얕아졌다. 제니가 몸을 돌리자, 그의 손이 허리 위에 그림자를 드리웠다. 제니는 둘 사이의 거리가 가까워지는 것을 느꼈고 그녀의 손길은 다급해졌으며, 그녀가 느끼는 자극은 메스꺼움을 달래주었다. 헨리는 너무나도 사라지고 싶은 듯했다. 아무도 아니게 되어도, 그 무엇도 아니게 되어도 상관없다는 듯. 그는 자기 자신에게서 벗어나 자유로웠다. 긴 밤이 다리를 뻗으며 새벽에 닿았다. 개미들은 그들의 아주 작은 삶 속에 있는 티끌을 넘어갔다. 황톳빛이 헨리의 머리에 장식을 늘어뜨렸다. 제니는 잠에 빠진 그를 바라보았다. 그의 얼굴은 헝클어진 풀밭 한 귀퉁이 같았다.

*

아침이 밝아오자 제니는 헨리를 승합차 안으로 불러들였다. 그가 문간에 서 있는 동안 제니가 의자를 꺼냈다. 그러고는 화면을 보라고 했다.

얼마 전 한국 지도자들이 남북 정상회담에서 만났다는 뉴스가 나왔다. 이산가족들은 평양과 서울에서 상봉했다. 의제에는 종전과 통일 이야기도 들어 있었다. 뉴스는 두 번째 역사적인 행사에 초점을 맞추었다. 보아하니 양측 지도자들이 물냉면을 따로 또는 같이 먹은 모양이었다. 온 나라 사람들이 물냉면집 앞에서 길게 줄을 서서 기다렸다. 재료가 다 떨어져 문을 닫은 식당들도 숱했다. 식료품 가게에는 면이 떨어졌다. 역 바깥에서는 사람들이 무를 팔러 다녔다. 평화를 갈구하는 분위기가 새롭게 나타났다.

헨리는 오른손으로 젓가락을 들고 비닐처럼 반짝이는 면을 돌돌 감아 입으로 가져갔다.

"우리 아빠는 아무도 닿을 수 없는 곳 얘기를 하곤 하셨거든. 나는 그냥 아빠가 외로운 거 같다고 생각했어." 헨리가 화면을 가리켰다. "그렇지만 그 반대였네. 아빠는 실제로 있는 곳을 얘기하셨나 봐. 아빠가 자란 고향 말이야."

제니가 말했다. "당연한 거야. 북한에 있는 황량한 건물도 여전히 고향처럼 느껴지는걸. 내가 어렸을 때 우리 부모님은 만약에 통일이 된다 하더라도 남한으로는 절대 안 갈 거라고 하셨어. 남한에는 당신들을 위한 게 아무것도 없다고 말이야. 부모님 얘기가 맞았어. 저 기자들, 저 사람들은 몰라. 국경을 열 수는 있지만, 그래도 국경은 여전히 그 자리에 있을 거야."

헨리는 그릇을 싱크대에 놓았다.

제니는 그를 향했다. "너는 도망치고 있는 거야, 그렇지?" 제니는 그가 가는 걸 막을 수 없었고, 그는 계속 여기 있을 수 없었다. 헨리는 육수가 담긴 통을 냉장고에서 꺼냈다. 그러더니 단박에 들이마신 뒤 통을 어깨 위에 얹었다. 유리창이 부서지듯 기쁨이 그의 얼굴 위에서 슬로모션으로 산산이 부서져나갔다. 이 모습을 봐야 한다는 걸 제니는 지금까지 알지 못했다. 해가 물에 닿듯이 헨리의 피부에 닿고 헨리를 통과한 다음 반대편에 이르러서 형체를 바꾸었다.

"나는 집으로 갈 거야. 제니, 같이 가자."

13

도모코
2001년, 샌프란시스코

샌프란시스코 국제공항에서 티켓 발권 업무를 맡고 있는 도모코는 자기 휴대폰으로 사람들 신원을 확인하면서 환각에 대처했다. 어린 시절에, 환각으로 본 사람이 기기로 옮겨가지는 않는다는 사실을 알게 된 덕이다. 입사 면접을 볼 때 도모코는 30분 동안 면접관과 이야기를 나누다가 휴대폰을 확인하고 카메라를 켰다. 카메라에는 면접관의 모습이 비치지 않았다. 그녀는 진짜 면접이 시작되었을 때 자신에게 문제가 있다는 것을 기미조차 드러내지 않도록 충분히 연습을 했다. 도모코가 카운터 일을 할 수 있었던 까닭은 컴퓨터 카메라를 켜둘 수 있기 때문이다. 카메라는 자기 앞에 선 줄에서 다가오는 사람이나 사물이 머릿속에만 있는 건지 실재하는 건지 알려주었다. 그래서 감시 대상자 목록에 있는 인상착의와 일치하는 남자를 발견하고는 그에게 손을 흔들어 줄로 안내했다. 회색 정장을 입고 메신

저백을 멘 40대쯤 되어 보이는 남자가 화면에 선명하게 나타났다. 여권을 보다 위를 힐끗 쳐다봤다.

"굉장히 잘생기셨네요." 그녀가 말했다. 그의 이름 밑에는 강도 높은 처벌이 쓰여 있었지만, 잘생긴 건 사실이었다.

로버트는 그녀를 의식하는 것 같았다. 도모코는 물방울 모양 얼굴형에 수수한 인상이었다. "그렇습니까?" 로버트가 가방을 내려놓았다. "적어도 게이트까지는 갈 수 있을 줄 알았는데요."

"한국에 돌아가는 건 처음이신가 봐요." 그러고는 도모코가 그에게 읽어주었다. "당신은 국가 보안에 잠재적인 위험이나 위협이라고 할 수 있는 일을 저지르고 있거나, 이미 저질렀거나, 이에 관여했거나, 이를 준비하거나, 이를 돕고 있다는 합리적인 의심에 따라 관리 대상자 목록에 올라 있습니다."

그가 말했다. "제가 공포의 대상일 수는 있겠지요. 그렇지만 테러리스트는 아닙니다."

"꽤 재밌는 말이네요." 그녀가 미소를 지었다. "그 말도 여기 적어두었어야 하는데요. 그래도 좋은 소식이 있어요."

"여기서 좋을 만한 게 뭐가 있나요?"

"당신에게 관심 있는 사람이 있다는 건 분명 모르셨을 테죠."

로버트는 씩 웃고는 테러리스트에게 작업을 거는 건 부적절하다고 말했다. 그녀는 사기꾼이라고 정정해주었다.

도모코는 보안 요원을 부르는 호출 버튼에 손가락을 올려놓은 채 카운터 너머에서 가만히 있었다. 근방에는 보안 요원 둘이 서 있었다. "당신의 현재 거주 허가는 만료되었고, 지금은 비도덕적인 범죄로 추방되는 겁니다."

화면 속에서 로버트가 물었다. "제 신문 때문인가요?"

그가 진짜로 묻고 싶었던 것은 이거였다. 그가 과연 살아남을 수 있을까? 그렇지만 대답이 운에 달려 있는 질문이라면 애초에 물을 가치가 없는 것이다.

"보안 요원이 게이트까지 동행할 거예요."

"그러면 한국에서는 어떤 일이 기다리고 있을 것 같습니까?"

"아마 교도소로 이송하지 않을까요."

도모코는 그의 현실에 발을 들일 만한 이유가 없다고 생각했다. 그녀의 무지가 아니라 인식이 그녀를 무심함이라는 용광로 속에 집어넣었다. 로버트 눈에 미소를 띠고 항공사 카운터에 앉아 있는 이 여자가 어떤 사람으로 보였을까? 도모코가 어떤 사람인지 알려면 상상해보는 수밖에 없었다. 그녀는 CIA 요원도 영업 사원도 간첩도 이상주의자도 아니었다. 도모코는 티켓 발권 직원이었다. 그게 전부였다.

로버트는 재킷 단추를 끄르고 도모코를 응시하다가 말했다. "저는 부산 컨벤션홀에서 강연을 해달라고 초청을 받았습니다. 인도주의적인 출장이라는 걸 확실히 증명할 수 있어요."

"기소 면제를 받을 순 없으신데요."

"이런 일로 교도소에 가지는 않을 거예요."

아무런 경고도 없이, 로버트가 카운터 너머로 손을 뻗어 그녀를 붙잡았다. 그러고는 도모코를 카운터 너머로 내던져 옆으로 떨어뜨렸다.

로버트가 무빙워크 쪽으로 돌진하는 소리가 들렸다.

도모코는 머리가 쿵쿵거렸다. 위험하다는 느낌은 전혀 들지 않았다. 그저 놀랐을 뿐이다. 그녀는 몸을 일으켜 카운터로 가서, 컴퓨터 화면을 통해 모든 광경을 지켜보았다. 기기에 비치지 않는다면 그 어느 것도 진실이 아니라는 사실을 알고 있었다.

로버트가 무빙워크에 이르기도 전에 요원 두 명이 그를 붙잡았다. 무빙워크의 고무벨트가 철제 롤러 위로 미끄러지며 발밑에서 탄식하는 소리를 냈다. 터미널 사이에서 환승하러 이동하거나 가방을 끌고 탑승동을 오가던 사람들이 상황을 보려 멈춰서서 우르르 몰려들었다. 사람들은 그의 머리가 바닥에 짓눌리는 장면을, 소리를 죽인 채 꿈틀거리며 노래하는 남자를, 창백한 얼굴색을, 일으켜 세워지는 몸을, 몸 뒤쪽에서 수갑이 채워진 팔을, 그가 공중으로 꿈을 내던지는 모습을, 어머니인지 연인인지 모를 여자의 이름을 부르는 목소리를, 그러다 전기 충격기가 꺼내지는 것을, 그 환한 은빛 주둥이가 찰칵이며 태세를 갖추는 것을, 그의 바지에 박 모양의 자국을 만들어내는 것을 보며 시각적인 자극을 받았다.

그는 입이 일그러진 채로 양복 단추를 잠그려 했지만 팔이 닿지 않았고, 그래서 양복을 잠그고 싶다고 소리치면서 누구든 단추를 좀 잠가달라고 애원했다. 그 순간마저도 그는 잘생겼고,

눈썹이 만든 짙은 고랑도 콧대도 마찬가지였으며, 멀리 떨어진 곳에서 경찰의 구둣발 소리가 들렸고, 쓰레기통이 넘어졌고, 공항 차량이 끽 소리를 내며 브레이크를 밟았고, 차량의 라디오가 웅얼거렸고, 활주로에 노란 테이프가 둘러져 있었다. 도모코는 화면에 뜨는 자신의 텅 빈 표정을 바라보았고, 잠을 잘 때처럼 이를 갈았고, 그 잘생긴 남자를 보려고 멈춰 서는 사람들의 숫자를 세며 뇌까지 밀고 들어갈 만큼 손가락을 힘껏 눌렀고, 시냅스가 갈라져나갔고 튕기고 빙빙 돌았다. 거기 멈춰 선 사람들은 백이나 천 명 정도가 아니라, 마치 일 십 백 천 만 십만 백만도 넘는 수 같았다.

로버트

아침 안개가 아직 망루를 지키고 있을 무렵, 로버트는 북한과 남한의 경계인, 길이 248킬로미터 폭 4킬로미터의 비무장지대 서쪽 끄트머리에 도착했다. 로버트는 장마철이면 짙고 축축해지는 감조 습지 냄새를 맡으며 살아온 사람이었다. 겨울치고는 이르게 모습을 드러낸 두루미가 마치 박물관에 걸린 스크린이나 청자 화병처럼 한가롭게 서 있었다. 사람들은 로버트를 민간 항공기에, 화물 기차에, 그다음에는 장갑차에 태웠고, 로버트는 하루하고도 절반이 흐른 뒤에 농지를 보게 되었다. 철조망 울타리가 둘러싼 농촌 마을에 억류된 정치범들에 대해서는 소문만 들어보았을 따름이었다.

도착하고 몇 시간 뒤, 남한 경비대가 로버트를 농지에서 데리고 나가 휘어진 철조망을 가로질러 통관역으로, 역 안에 있는 하늘색 회의실로 데려갔다. 경사진 바위투성이 길에서 로버트가 발을 헛디디자 경비대가 신발끈을 고쳐 매주었다. 로버트가 길 너머를 쳐다보자 경비대는 잠시 멈춰 서주었다. 사람이 없는 이곳에는 야생동물의 피신처가 자연스럽게 생겨났다. 태곳적 기운이 감도는 땅에는 식물군과 동물군이 스스로 뿌리를 내렸다. 그렇지만 몇 미터만 더 가면, 양쪽 군대가 1분에 1만 번씩 공격을 퍼부을 수 있었다. 경비대는 로버트를 회의실 안으로 들여보냈다. 그들은 보안 조치를 무시한 채 철컥거리며 수갑을 풀어주고는 밖으로 나서며 문을 잠갔다.

다시 문이 열리자, 자신보다 키가 큰 첫 번째 경비병이 나타나 로버트를 굽어보며 입국에 필요한 서류를 정리했다. 볼이 햇볕에 그을린 두 번째 경비병은 검은색 방수포로 덮어둔 장비가 실린 다용도 카트를 끌고 들어왔다. 장비는 분명 임진강을 가로지르는 기차로 싣고 와서, 버스에 옮긴 뒤 민간인 통제 구역으로 이송했을 것이다. 첫 번째 경비병이 두 번째 경비병에게 재미 좀 보는 게 어떻겠느냐고 물었고, 두 번째 경비병은 좋다고 했다. 둘은 알 수 없는 장비를 벽에 기대어놓고는 방을 나갔다.

잠을 청할 만한 자리가 깔린 따뜻한 구석에 관심이 갔다. 로버트는 마치 저기 창밖 국경 너머에 로버트와 같은 이름을 쓰는 사람들이 있는 것처럼, 어머니와 아버지가 동포들과 같은 이름을 썼다는 사실을 떠올렸다. 그는 일어났던 해로 사건을 기억하고 숫자로 몸을 기억했다. 그것들을 모두 한데 모아 세면 합친 숫자는 불분명해졌다. 한국의 모든 기억은 국경에서 비롯될

것만 같았다. 국경에서 멀어질수록 기억은 그저 딱 한 번 돌아
보고는 숲속으로 달려가는 코요테처럼 흐려졌다.

*

멧돼지가 굵직하게 긁는 소리를 내며 문을 떠밀고는 쿵쿵거
리며 방 안으로 들어왔다. 근육이 팽팽해졌고, 로버트는 자리에
서 벌떡 일어났다. 분명 멧돼지가 그보다 훨씬 무거울 터였다.
흑갈색 털이 층층이 돋아 있고 귀는 쫑긋 섰으며 발과 코 주변
은 불그스름했다. 제주도에 있던 멧돼지들처럼 쓰레기 냄새를
풍겼다. 로버트가 어린아이였던 시절, 멧돼지들은 떼를 지어 다
니며 작물을 해치곤 했다. 멧돼지가 방수포를 잡아당기자, 여느
장비가 아닌 국군 무기가 모습을 드러냈다.

로버트는 눈앞에 보이는 것이 무엇인지 어느 정도는 알았다.
그렇지만 이건 신형이었다. 돌격 소총, 기관총, 권총이 있었고,
하나는 조금 더 신식 시스템을 활용한 기관총이었다. 돌격 소총
과 첫 번째 기관총은 군대에 있을 때 봐서 익숙했지만, 권총과
두 번째 기관총은 몸체가 더 가볍고 단단했으며 무광 마감 처
리를 했다. 멧돼지는 여기저기 들쑤시고 다녔다. 주둥이가 얼굴
과 별개로 움직이는 것 같았다. 로버트는 잽싸게 멀리 떨어진
구석으로 갔다. 멧돼지, 무기, 그리고 자신이 이루는 삼각형의
세 번째 꼭짓점에 서 있었다.

로버트는 머릿속에서 상황을 곰곰이 생각했다. 경비병들이 로버트에게 멧돼지를 쏘라고 요구하는 것일지도 몰랐다. 로버트가 무기를 다룰 수 있는지 보고 싶은지도 모르고. 로버트를 어떻게 할 건지 결정하기에 앞서 어떻게 행동하는지 보려는 것일지도 몰랐다. 경비병들은 아무런 지시도 없이 떠났다. 혹시 로버트가 풀려나면 어떻게 반응할지 두려운 걸까? 앙갚음을 하면 어떡하지? 자기가 얼마나 절박한지 그들이 어떻게 가늠하려고 하지? 로버트는 고국에 도착하면서 적의 영토에 발을 디딘 셈이다. 고향으로 돌아간다는 로버트를 조롱하는 사람들이 많았다. 약해진 햇빛 아래서 맴돌던 먼지가 로버트의 눈썹 위에 내려앉았다.

*

경비병 두 명이 다시 나타나더니, 로버트와 방수포는 신경도 쓰지 않고 방을 가로질러 멧돼지에게로 갔다. 그러고는 무릎을 꿇고 멧돼지의 배를 긁으며 다정하게 달래는 소리를 냈다. 턱과 다리에 길게 돋은 털을 빗어주었다. 첫 번째 경비병은 가방에서 콩을 한 주먹 꺼내 멧돼지에게 먹였다. 멧돼지가 꿀꿀거리며 침을 뱉자 두 번째 경비병이 흉내를 내려고 했지만, 먹고 있는데 욕을 보인다며 첫 번째 경비병이 꾸짖었다. 그러다가 체할 수도 있다면서. 손바닥에 담긴 잘 익은 콩을 우적우적 씹어 먹는 멧돼지에게 두 번째 경비병이 제 코를 들이밀었다. 경비병들은 멧돼지 눈에 딱지가 앉았고 송곳니가 불안해 보인다며 난리를 피우고는 잘 지냈느냐고 안부를 물었고, 멧돼지는 경비병의 가방에 대고 킁킁거리며 화답했다.

두 번째 경비병이 로버트에게 갈아입을 옷을 건네주고는 멧돼지를 밖으로 데리고 나간 다음, 바깥에서 기다렸다.

경비병들은 또다시 군사 장비와 함께 로버트를 남겨둔 것이다.

로버트가 빠르게 옷을 갈아입고 나와 눈을 가늘게 뜨고 한낮의 태양을 바라보았다. 경비병들의 발소리와 멧돼지의 걸음걸이를 따라 산등성이에 이르자, 먼 곳에서 남편과 아내와 아이들 셋이 근방을 둘러보는 모습이 보였다. 국경은 복장 규정이 엄격했지만, 그 가족은 찢어진 청바지와 스웨터를 입고 있었다. 북한은 찢어진 옷을 입은 관광객들 사진을 찍어 남한이 망해간다며 선전하곤 했다. 그렇지만 경비병들은 관광객들에게 밝게 손을 흔들었다. 그들은 시대가 변하고 있다고 말하며, 저 가족이 입은 옷도 정부에서 승인했다고 말해주었다.

로버트, 경비병, 멧돼지는 들판에 이르렀다.

첫 번째 경비병이 들판 가장자리를 쳐다보며 말했다. "롭이라고 불러도 됩니까?" 그 이름이 입에서 술술 흘러나왔다.

두 번째 경비병은 로버트의 공간을 존중하면서 몇 걸음 떨어진 곳에 섰다. "여기 DMZ까지 당신 얘기가 다 퍼졌습니다."

로버트는 자신의 말이 이렇게 멀리까지 퍼져서 일종의 존경을 받게 되었다는 사실을 알고는 놀랐다.

들판에는 풀이 길게 자라 있었다. 그 위로 무릎을 꿇어도 될 만큼 부드러워 보였다. 로버트가 말했다. "총은 저 때문에 두고 가신 거죠. 혹시나 싶었지만 오늘 아침에 옷을 갈아입으라며 저를 방 안에 남겨두셨을 때 정말이라는 걸 알았습니다."

로버트는 말을 이어갔다. "처음에는 멧돼지를 쏘라고 있는 총인 줄 알았어요." 이 말에 경비병들이 키득댔다. "멧돼지는 당신들 애완동물인데 그저 어쩌다가 들어온 거였지요. 계획에 멧돼지는 없었던 거죠. 제가 쏘게 두시기에는 멧돼지를 너무 아끼시더라고요."

첫 번째 경비병이 멧돼지의 귀를 쓰다듬었다. "그렇죠?"

"지금까지는 실수가 없군요." 두 번째 경비병이 말했다.

"제가 도망가는지 보려고 방 안에 총을 놔두신 거예요. 도망을 가지 않은 걸 보고 뭔가 합의를 보신 거고요." 로버트가 말했다. "저를 미끼로 쓰실 수도 있죠. 제가 왔다고 알리면 사람들을 끌어모을 수 있으니까요."

두 번째 경비병이 고개를 끄덕였다. "저는 좋은 타이밍이라는 게 있다고 생각하거든요." 그의 눈이 커졌다. "우리는 당신을 도와주고 싶어요. 당신 임무는 쉽고 간단합니다. 부산에서 열릴 당신 강연에 위험한 사람들이 몇 명 찾아올 겁니다. 한 사람을 쏘세요. 그러면 풀려날 거예요."

"구금도 억류도 없어요." 첫 번째 경비병이 말했다.

두 번째 경비병이 말했다. "아무나 쏴도 됩니다. 누구를 표적으로 삼을지는 당신이 선택하세요. 그래도 호랑이 굴에 들어가야 호랑이를 잡을 수 있는 법이에요."

로버트가 물었다. "저는 어떤데요? 위험인물이 아닌가요?"

"롭, 당신은 전혀 위험하지 않아요." 첫 번째 경비병은 로버트가 생각지도 못한 말을 꺼냈다. "정치인도 아니고, 그렇게 급진적이지도 않고요. 옛날 같았으면 혁명가였겠죠. 그렇지만 요즘 같은 시대에는 그냥 의식 있는 사람, 그 정도예요." 경비병은 당구 테이블 위에 큐대를 올려 당구공을 흩뜨렸다. 로버트가 인생에서 내린 선택 하나하나가 온갖 방향으로 달각거리며 흩어졌다.

두 번째 경비병이 로버트를 달랬다. "당신네 신문도 여전히 논점을 잘 짚어주고 있어요. 괜히 자기 자신을 저버리지 마세요. 여기서 나가게 될 거니까요. 그 일을 해내기만 하면, 항의하는 사람들이고 당신이 풀려날 수 있을까 하는 걱정이고 다 깡그리 사라질 겁니다." 그가 로버트의 등을 툭 쳤다. "어떤 일이 벌어질지 걱정할 필요 없어요. 당신은 그냥 최선을 다 하면 됩니다, 롭."

"가기 전에 선물 하나 골라 가시죠." 첫 번째 경비병이 말했다. "이제는 우리가 총을 만들어요. 여기서 만든 겁니다. 대우정밀공업 K2 돌격 소총. 제식 소총이에요. 견착식에 가스 작동식이고요. 45구경과 223구경 탄환 다 쓸 수 있죠."

"몇 년 전부터 직접 디자인하고 개발하기 시작했어요." 두 번째 경비병이 덧붙였다. "권총 손잡이랑 측면 접이식 개머리판이 달린 K2 보셨어요? 발사 모드는 반자동, 3점사, 전자동이 있고요." 그는 손으로 입을 잠그는 시늉을 했다. "캄보디아, 에콰도르, 피지, 인도네시아, 이라크, 레바논, 멕시코, 나이지리아, 페루, 필리핀에다 팔아요. 북한에서는 모조품도 만들었다니까요. 그건 칭찬이죠!"

"이 얘기에 충격 좀 받으시겠지만, K2는 제대로 작동해요. 과열 문제가 있긴 하지만요." 첫 번째 경비병이 말을 이었다. "K3는 경기관총입니다. 개량했죠. 하부 레일에다 측면 접이식 개머리판, 탄소 섬유 포방패가 달렸어요. 남아프리카공화국하고 태국에서 좋아하죠. 아시아 무기 제조사들이 드디어 서양을 앞지르고 있다니까요."

로버트가 말했다. "대우라고요. 자동차 만드는 곳 아닌가요?"

두 번째 경비병이 히죽거렸다. "자동차 비중도 크지만, 탱크랑 무기 생산도 넘보고 있죠. 민간인이 쓰는 건 뭐든 다 군대에서 만들어내요. 국방 예산으로 최전선에 인터넷 놓는 것도 지원했고요. 휴대폰을 맨 처음 쓴 곳도 군대예요. 거의 다 들어본 적 있는 회사들에서 만들고, 그런 다음 상업 시장을 뚫죠. 우리가 쓰는 빌어먹게 끝내주는 것들을 민간인들도 사고 싶어 하니까요."

내내 침착해 보이던 두 번째 경비병은 마지막 무기 두 개를 말하면서 달라졌다. "저기서 보셨던 예쁘장한 K5는 반자동 권총이에요. 작고 가볍고 패스트 액션 방식이라 정확하게 쏠 수 있죠. 장담해요. 알루미늄 합금으로 프레임을 만들고 무광으로 마감 처리를 했어요. 슬라이드랑 총열은 강철로 만들었고 우선右旋이에요. 시장에서는 미국인들이 좋아하더라고요. 섹시한 걸 좋아하거든요." 그가 키득댔다. "K7은 제가 제일 좋아하는 겁니다. 일체식 소음기가 있는 기관단총이에요. 특수부대 쪽에서 아이디어를 얻었어요. 제식 탄약이나 아음속탄을 쓰죠. 간단하고 깔끔한 블로백 방식이고. 12월에 개발을 마무리했어요. 방산전시회에서 선보이면 다들 기겁해 넘어갈걸요."

첫 번째 경비병이 눈알을 굴렸다. "다 떠들었으면 그만 본론으로 들어가지."

두 번째 경비병이 로버트에게 말했다. "한 명만 쓰러뜨리면 되지만 자기 몸은 직접 지켜야 돼요. 당신 강연이니까요, 친구."

들판 너머로 북한 경비병들이 국경을 서성거리는 모습이 보였다. 첫 번째 경비병이 말했다. "저 사람들을 보고 있으면 과거를 보는 것 같아요. 가끔은 과거가 이쪽을 보며 미소 짓곤 해요. 어떨 때는 이쪽으로 총을 겨누고요." 그가 단호한 목소리로 말을 이어갔다. "낡은 세상에 갇혀 있지 마세요. 새로운 세상에 눈을 뜨는 거예요. 우리는 옛날에 하던 식으로 일하지 않아요. 옛날이랑 똑같은 사람들도 아니고요. 저기 밖으로 나가서 하려던 말을 해보시죠. 그러면 알게 될 겁니다. 개만도 못한 취급을 받을 거니까요." 그러고는 고개를 저었다. "당신을 이해하는 유일한 사람들은 바로 여기 있어요. 당신이 쳐다보고 싶어 하지 않는 곳에요. 우리 눈에는 당신이 어떤 사람인지 훤히 보입니다. 우리가 바로 당신이니까요. 다만 우리는 고향에 머무르고 있었을 뿐이죠. 이제 사업가나 지도자는 필요 없어요. 우리에게 필요한 건 좋은 사람이에요."

14

로버트
2001년, 부산

이듬해 여름, 대북 햇볕 정책으로 남한의 대통령이 노벨 평화
상을 타자 국민들은 기대를 걸었다. 한때 그는 해외로 망명했고
납치를 당한 적도 있으며, 정부와 그 독재정치에 저항하면서 반
정부 선언문을 발표했고, 결국 교도소에 갇혔다가 2년 뒤 석방
되었다. 국제앰네스티는 그를 '양심수'라고 불렀다. 상업고등학
교를 졸업했지만 그보다 높은 학위를 딴 엘리트를 상대로 멋지
게 이겼고, 대통령으로 당선되어 청와대에 입성해 한반도 통일
을 위한 햇볕 정책을 추진했다. 정부는 햇볕 정책 아래 서로 다
른 체제, 군사, 외교 정책을 인정했고, 통일이 될 때까지 남한과
북한 사이에 조직을 만들어 관계를 관리하면 하나의 민족과 두
개의 지역 정부로 이뤄진 연방 체제를 이룰 수 있을 것이라 보
았다. 북한은 안보를 위해 한반도에 미군 부대가 주둔하는 데
반대하지 않았으며, 중국과 거리를 두었다. 평화 정상회담 이

후, 올림픽 경기장에는 한반도기가 등장했다. 하얀 천에 한반도의 윤곽을 푸른색으로 그려넣은 깃발이었다. 엷은 천이 빛났다. 이 깃발이 기차역, 술집, 시장, 아파트의 LED 화면을 가로지르게 되기까지 로버트는 수십 년을 기다렸다. 어디서나 사람들이 지켜봤다. 사람들은 부모님의 젊은 시절 모습을 들여다보면서 자신의 얼굴을 찾아내듯이 깃발을 쳐다봤다.

*

　나흘 뒤, 경비병들은 로버트를 장갑차에서 풀어주었다. 그리고 교도소로 보내는 대신 약속한 대로 남쪽으로 가는 버스에, 그다음에는 도시로 향하는 기차에 태웠다. 역을 나선 로버트는 차를 빌려 부두 근처 건물들과 수산 시장을 지나서 부산 바닷가를 따라 더 남쪽으로 내려갔다. 400킬로미터를 넘게 달린 뒤, 본래 자신의 글에 관한 강연을 하려고 계획했던 부산의 컨벤션 홀 앞에 차를 댔다. 로버트가 〈해방신문〉에 썼던 말들이 이 바닷가까지 왔고, 지역 사람들에게 초청받은 일은 자랑스러워할 만한 것이었다. 명성도 명성이지만 이런 콘퍼런스가 드물다 보니 저녁 내내 로버트의 견해에 관해 토론할 만한 사람들을 불러들일 터였다. 로버트는 대강당 앞에 있는 기자들과 뉴스 카메라들을 보았다. 그가 도착하기 전 열린 통일 반대 시위 소식을 들었다. 어느 누구에게도 감흥을 주지 못할 수 있었지만 동포들에게 말할 수 있는, 마지막일지도 모를 기회를 활용해야 했다. 로버트는 어두운 차 안에 앉아 아마도 불가능할, 상식이 통하는 저녁을 꿈꿨다. 그렇지만 숱한 페이지에 걸친 글 대신, 로버트의 가방 안에는 장전된 총이 있었다.

제니

제니는 승합차를 몰고 북쪽으로 갔다. 새너제이에서 출발해 밀피타스의 타운 하우스와 올로니대학을 거쳐 추운 날씨에도 매연을 뚫고 강건히 선 노란색 풀이 보이는 계곡을 지나갔다. 요즘 들어 제니는 잠을 이루지 못했고, 손이 축축이 젖어서 이불을 돌돌 말아 쥐어짜곤 했다. 아니면 속에서 새가 퍼덕이기라도 하듯 화들짝 놀라 잠에서 깨거나. 뼈에서, 모든 어금니에서 단단함이 느껴졌다. 연료를 태우며 고속도로를 구불구불 나아갔다. 부리토를 먹으려고 샌프란시스코 미션 디스트릭트 공동묘지 근처에 있는 멕시코 식당에 들렀다. 카운터 너머로 오래된 목재 벽, 벽에 걸린 가죽, 스페인풍 오르간, 구리 종이 보였고 그 위쪽으로 그리스도 조각상이 있었으며, 신의 아들보다 더 높은 자리에는 텔레비전이 있었다. 헨리는 리모컨으로 채널을 돌렸다. 한국 뉴스가 나왔다. 움직임 때문에 왜곡되어 보이는 화면 속 얼굴들이 모두들 한곳을 바라보고 있었고, 시위대의 팻말은 텔레비전 바깥까지 치솟아 있었다. 제니는 일력을 한 장씩 떼어내듯 하루하루를 찢으며, 자신의 날들이 엷어지는 모습을 지켜보았다. 윗세대들이 사라져가며 국경을 연결하던 부분들도 함께 거둬가는 것처럼 말이다. 제니는 부리토 두 개와 맥주 두 잔을 주문했다.

로버트

로버트는 대강당 끄트머리에 선 채 인파 속에서 기다리고 있는 리포터들과 기자들, 학생들과 지역 주민들을 바라보았다. 입석만 있는 모습을 보니 심장이 요동쳤다. 서울에서는 엠넷 뮤직 비디오 축제가 열린 가운데 후보들 가운데서 두각을 나타낸 조성모의 달콤한 목소리를 한층 더 키워 내보내던 바로 그 순간이었다. 로버트는 회색 정장을 입고 무대에 올라섰다. 경비병들이 갈아입을 옷을 준 덕에 정장에는 주름이 거의 잡히지 않았다. 로버트는 중앙 연단 뒤에 섰다. 앞으로 몸을 수그리며 청중을 훑어보았다. 경비병들은 따라 들어오지 않아 어디에도 안 보였다. 비바람은 문 앞에서 멈췄다. 보안 검사를 하고 안으로 들어섰다. 인파가 강당으로 쏟아져 들어왔다. 다들 통로에서 인사를 주고받으며 들뜬 분위기였다. 빛나는 조명은 나무의 옹이처럼 눈을 달고 있었다. 그림자가 걷히면서 천장으로 퍼져나갔다.

로버트는 동포 수백 명을 지켜보았다. 카메라를 통해 보는 동포들은 수천 명일 것이었다. 로버트 뒤편으로 프로젝터가 한반도기를 쏘아 올렸다. 텅 빈 공간으로 찰칵이는 소리가 쏟아졌다. 빛이 로버트를 향해 맹렬히 달려왔다. 로버트가 유리병 안에 갇힌 파리라도 된 듯, 기자들의 렌즈가 그를 포착했다. 살짝만 삐끗해도 얼마나 피곤해질지 알 수 있었다. 로버트는 운을 뗐다. "우리는 바로 이곳에서, 또 전 세계에서 식민 제국들이 허물어지는 모습을 보았습니다. 그와 함께 그 제국들을 세웠던, 부끄러워해야 마땅할 신념들도 무너졌습니다. 우리는 전쟁이 배경처럼 자리 잡은 가운데 자라왔습니다. 이데올로기적인 만큼 공격적이기도 했던 전쟁이었습니다. 그리고 우리가 전쟁을 대하는 방식은 별다른 차이가 없다는 사실도 알게 되었지요. 그러나 우리의 이 작은 나라에서도, 또 넓은 세계 속 우리의 입지에도 진전은 있었습니다. 그렇지만 저는 한국을 떠났을 때야 비로소 자유롭게 한국인이 될 수 있었습니다."

제니

　미션 디스트릭트에 있는 식당에서 뉴스를 보던 제니 눈에 몇 초짜리 영상이 들어왔다. 분명 로버트였다. 로버트의 목소리였으나, 위쪽에서 떨어지는 조명이 그림자를 양쪽으로 늘어뜨리면서 그는 훨씬 더 위태로워 보였다. 헨리는 앉아 있던 자리에서 벌떡 일어섰다. 날이 서늘했지만 여전히 수영복 바지 차림이었던 헨리는 카운터에 몸을 기대며 고개를 푹 떨궜다. 로버트의 말을 종이 위에서 보는 대신 소리로 들으니 제니는 그 안에서 무언가 의미를 찾을 수 있었다. 절 마당에서 시체를 태울 때 나는 듯한 열기가 화면에서 뿜어져나오는 게 느껴졌다. 제니는 알루미늄 포장지에서 부리토를 꺼냈다. 화면에 관중석이 비치고 무대에서 나오는 빛이 내려앉은 얼굴들이 보였다. 검은 눈동자들이 빛을 빨아들이고 있었다. 구부린 팔들이나 카메라 받침대들도. 제니는 토르티야 반죽을 끝없이 집어삼켰다. 마치 그 껍질

아래에 구원이 있어, 총과 칼이 아니라 치아와 함께 찾아오기라도 하는 것처럼. 제니는 미소 짓고 웃음을 터뜨리고 카운터를 두드리면서 울부짖었다.

로버트

청중이 박수를 보냈다. 자리에 앉아 있거나 통로에 서 있던 사람들은 씩 웃고 있었다. 로버트가 무슨 말을 하려는지 알았다 면 그렇게 웃을 수는 없었을 터였다. 로버트는 공항에서부터 말 썽이던 손목을 움켜잡았다.

"남한과 일본이 1997년 다른 어디도 아닌 바로 도쿄에서 월 드컵 예선전 경기를 펼쳤을 때 말입니다." 관중이 폭소를 터뜨 렸다. "그렇습니다. 후반전 초반에 일본은 한국 골키퍼 머리 위 로 공을 넘겨 넣었습니다. 다들 끝났다고 생각했습니다. 일본은 선점을 넣었으니 이제 지키기만 하면 되는 상황이었고요. 그런 데 한국이 코너에서 헤딩을 해 점수를 냈습니다. 이제 딱 1대 1 이 된 것이죠. 시간이 없었습니다. 갑자기 한국에서 왼발 슛을 날려 골대 깊숙이 공을 쏩니다." 로버트가 팔을 번쩍 치켜들었 고, 함성이 치솟았다. "위대한 도쿄 대첩이라고들 합니다. 고작

축구 경기입니다. 빌어먹을 그냥 경기요. 뭐, 그 경기를 치른 뒤에 우리는 형편없이 졌죠, 그렇지만 상관없습니다. 한순간만큼은 모두가 한국인이었어요. 모든 곳에 있는 인간을 향한 사랑 때문에 여러분은 한국인이 되었던 것입니다."

로버트는 화면을 바라보았다. "그 하루만큼은, 바로 이것이 우리 깃발이었습니다. 어느 누구에게도 경계는 보이지 않았습니다. 저는 바보일지도 모릅니다. 왜 굳이 과거를 찾고, 왜 굳이 무덤을 파헤치려고 할까요? 왜 우리 손으로 조심스레 쌓아 올린 안전하다는 감각에 구멍을 내는 것일까요? 왜 우리가 지킬 수 있다는 사실을 잘 아는 것들을 향해 나아가지 않을까요? 우리는 고향이 어떤 곳인지 잘 알고, 그런 고향을 가질 수 있습니다. 우리는 가족이 어떤 것인지 잘 알고, 그런 가족을 만들 수 있어요." 로버트는 그날 밤 당구장을 떠올렸다. 성호는 자유는 관념에 불과하다고, 그리고 그 관념이 사람들을 살아남게 해주지는 않았다고 생각했을지도 모른다. 그렇지만 저마다 어떤 방식으로 세상을 바라볼 것인지를 선택할 자유는 있었다.

로버트의 목소리가 문까지 이르렀다. "미국이 북위 38도선을 정해 한국을 둘로 나눴던 일을 기억하시지요. 북한은 소련이, 남한은 미국이 가져갔습니다. 무고한 사람 수백만 명이 전쟁에서 죽었습니다. 경계가 나뉜 뒤로 우리 문제는 커져만 갑니다. 제가 말씀드리지 않아도 잘 알고 계실 겁니다. 우리가 지금 살아가는 시대는 나라 안에서, 또 나라들 사이에서 불평등을 심화시킵니다. 그 영향은 평범한 사람들에게 미치고 우리가 차별, 국소적 국수주의, 탐욕을 놓고 씨름하는 동안 부와 정책에서의 분열은 더 심해지고 있습니다."

로버트 뒤쪽에 비친 이미지가 시위대 사진과 2제곱미터짜리 감방에 열 명씩 꽉꽉 채워 갇힌 정치범들 사진으로 바뀌었다. 이것이 로버트가 상상한, 우키시마호가 빙 둘러 항구로 향하기 전 일본 북부 지역인 오미나토의 모습이었다. "우리는 이제 돌이켜보면서 우리가 잃어버린 기회를 깨닫게 됩니다. 두려움 때문에 안주합니다. 불안정한 부패가 벌어집니다. 우리가 오랫동안 지탄해왔던 실수를 바로 우리가 저지르는 것입니다."

로버트는 국군이 경비하는 철조망 아래서 허락을 받고 찍은 사진들을 가리켰다. 그 안에 로버트의 모습은 없었다. "이 모습이 근대화와 세계화의 음울한 일면입니다." 로버트는 장난기라고는 없이 씩 웃으며 말했다. "증오와 두려움보다 더 강력한 것은 없습니다. 여러분 모두 잘 알고 계시다시피, 증오와 두려움은 우리 사이에 퍼지고 더 늘어나면서 국가적으로나 전 세계적으로나 힘을 향한 경쟁을 부추기고 있습니다. 제가 굳이 말씀드리지 않아도 다들 아시겠지만요." 어둠 속에서 떠다니는 얼굴들을 쳐다보고 있자니 머릿속에 메두사의 형상이 떠올랐다. 뱀이 달린 머리. 메두사는 돌이 되지 않으려고 거울을 피해 다녔다. 로버트는 메두사가 적을 두려워하지 않을 수 있었던 이유를, 메두사에게 그 무엇보다도 두려웠던 것은 바로 자신의 모습이었기 때문이라는 사실을 잘 알 수 있었다.

　로버트는 프로젝터가 쏘아 보내는 차가운 빛 앞에서 고개를 들었다. "어떻게 보면, 우리는 기껏해야 다른 사람들을 감옥에 집어넣으려고 해방된 것이나 마찬가지입니다. 우리 인류는 자유가 공급이 통제되고 제한된 자원이라는 생각에 동의한 것입니다."

*

　햇볕 정책은 결국 성공하지 못했다. 남북 평화 정상회담을 치르고자 북한에 수억 달러를 넘겨주었다는 의혹이 제기된 것이다. 현대는 북한에 5억 달러를 보냈다. 사람들은 대통령이 돈을 주고 노벨 평화상을 샀다고 비난했다. 현대는 북한에서 영업권을 따내려고 돈을 준 것이라 증언했다. 그렇지만 대외무역과 남북 간 통상법을 어긴 죄로 벌금을 물었다. 현대 회장은 텔레비전으로 중계되는 기자회견 자리에서 늘어진 턱살을 떨며 사과했다. 미국과 남한의 관계는 미국이 동생을 꾸짖기라도 한 모양새로 경직되었다. 경제적 거래 때문에 앞으로 열릴 회담에도 금이 간 것 같았다. 대통령의 정책, 남북 정상회담, 물냉면 전통, 그 모두가 말하자면 어떤 조직화이자 퍼포먼스 같았다. 평화에 값을 치러야 하는지 묻는 사람은 얼마 없었다. 햇볕 정책의 문제는 이 파문이 아니라 목적에 있다고 지적하는 사람은 그보다도 적었다. 햇볕 정책은 북한의 인권 상황을 증진시키지 못한 채로 원조만 했다. 북한 사람들이 원조가 없어서 굶주린다는 것은 오해였다. 북한 사람들이 굶주리는 까닭은 자유가 없어서였다.

간첩과 북한에 동조하는 자들에 대한 의심이 전국적으로 극에 이르자, 경비병들이 로버트에게 접촉해왔다. 경비병들과 로버트는 들판에서 함께 총을 쏜 적이 있다. 로버트는 들판에서 총을 쐈던 것처럼 '양심'에 고무되어 강연장에다 총을 쏜 다음 정부의 사면을 받을 수 있을 것이다. 서울 외곽 정부 땅에다 지은 아파트도 한 채 주겠다고 했다. 그 아파트에서 겨울이면 묵직한 옷을 입고 두툼한 부츠를 발에 꿴 채로 눈 위를 쿵쿵 걷고, 봄, 여름, 가을에는 강을 따라서 달릴 수도 있을 터였다. 두 나라에서 어슴푸레하게 비치는 빛이 보인다는 이야기를 인숙에게 편지로 쓸 수 있을 터였다. 연단에 선 로버트가 말하는 속도를 늦췄다. 고개가 축 처졌다. 평화인지 전쟁인지, 똑같은 결과인지 다른 결과인지는 중요치 않았다. 그러나 그 순간 로버트 안에서 고요하고 조그만 목소리가 준비를 갖춘 것 같았다. 로버트가 카메라에서 밝게 빛나는 붉은 빛 너머 멀리 있는 부스를 쳐다보기 전, 관중 사이에서 소근소근 들려온 이야기는 조성모가 음악상을 탔다는 소식이었다.

*

프로젝터가 네 번째 사진인 광주 항쟁을 보여줄 무렵에는 침묵이 감돌았다. 웅얼거리는 소리도 들렸다. 불만에 찬 목소리. 리포터들과 기자들은 그 모습을 지켜봤다. 통로에서 다섯 명이, 열을 지어 있던 사람들 틈에서도 네 명이 걸어 나갔다. 메모지는 다들 접어서 부채로 썼다. 언론에서는 이런 이야기는 싣지 않을 터였다. 이제 상황이 흥미로워졌다. 남은 사람들은 곁눈질을 해댔다.

로버트는 이들에게 목숨을 저버리라고 하지 않았다. 그저 무대 위에서 3분을 허락해달라고 했다.

헛기침 소리. 누군가가 딱히 이유도 없는데 괜히 낄낄댔다.

2분이 흘렀고, 로버트는 다친 손목을 감싸 쥐었다.

"지금 우리는 우리를 하나로 묶어주던 명분을 잃었습니다." 로버트는 사람들이 전쟁과 국경에 관해, 그리고 자신들의 편견에 관해 질문을 던지도록 만들어야 했다.

성급히 말을 꺼낼 수는 없었다. 자칫 잘못했다간 전부 헛수고가 될 터였다. "질문을 하나 던지겠습니다."

당혹스러운 웃음소리, 한 사람의 박수 소리. 로버트가 자기 생각을 분명하게 표현하는 것은 아니었다. 그러나 로버트의 주장이 낯선 공간을 채워내는 소리를 듣고 있으면 무언가 만족스러워지는 면이 있었다.

프로젝터가 깃발을 보여주었다.

"갈라진 나라도 여전히 나라라고 할 수 있는지 여러분께 묻겠습니다."

로버트는 청중에게 등을 돌리고, 무대를 가로질러 뒤쪽으로 걸어갔다. 꼭 키 큰 풀이 흔들리는 길을 가로지르기라도 하는 것처럼, 우산처럼 펼쳐진 야생화에 발이 얽히고 붉은 동백나무가 바스락거리고 근방에서는 동물들이 풀을 뜯고 앞에서는 개울이 흘러가고 강둑은 모습을 감추고 멀리로는 아무것도 보이지 않는 것처럼. 로버트의 어머니도 그를 기다리지 않고, 떠다니는 잔해도 없는 것처럼. 유리문 너머로 인숙의 아름다움이 보이지 않는 것처럼. 바로 지금, 그는 말다툼을 벌이던 기억 속으로 걸어 들어갔다. 만약에 다리가 부러지면 그 다리를 잘라내는 게 아니라 보살필 거라고, 그렇기 때문에 한 사람이, 한 나라가 스스로를 잘라낼 수는 없는 것이라고 인숙에게 이야기했던 기억 속으로. 로버트 뒤로는 남자들과 여자들이, 눈이 검은색이고 근육이 잡혀 있고 깡마른 사람들이 긴 숨을 한번 내쉬고 죽으면서 저마다 누군가를 사랑하지 못한 채로 남겨둔 풍경이 펼쳐져 있었다.

헨리

다리가 보이기도 전에 물소리가 들렸다. 해협을 건넌 뒤에는 내가 운전대를 잡았다. 680번 도로를 빠져나와서 오번 동쪽에서 타호 국유림을 이등분하는 80번 도로를 탔다. 달큼한 소나무 냄새와 은은한 삼나무 냄새, 향기로운 호수, 화강암, 하늘을 받아들이려 창문을 열었다. 승합차 안에서 진한 짜장면 냄새, 시큼한 물냉면 냄새, 석호의 모래 냄새가 빙빙 맴돌다가 길 위로 날아갔다. 비원의 개인실에 있던 로버트를 떠올렸다. 로버트는 다양한 종류의 상실을 이야기했다. 그 상실을 상상해야 사과를 할 수 있다고도 말했다. 사과는 그런 상실이 일어나지 않은 미래도 함께 애도해야 하기 때문이라면서. 세상을 향한 로버트의 책임감은 상상이 만들어낸 것이 아니라 실재하는 것이었다. 그것은 당구장의 황동색 집기들처럼 확고히 자리 잡았고, 역사의 무게로 틀이 잡혀 있었다.

나는 북쪽으로 향하는 도로를 타고 북동쪽으로 쭉 달려 리노로 넘어갔다. 오리건주에서 바깥을 내다봤을 즈음에는 날이 어두워져 있었다. 산 협곡의 목을 축이는 비. 은녹색 쑥. 반바지가 너무 축축해져서 벗어야 했다. 머리에 젖은 수건을 두른 제니와 자리를 바꿨다. 제니는 밤새 컬럼비아강을 건너 워싱턴주로 들어가 터코마까지 일곱 시간 동안 차를 몰았다. 우리는 다섯 개의 왕국을 아울렀다. 광물, 채소, 동물, 인간, 그리고 새너제이와 터코마 사이에서 분명 지나쳤을 신의 왕국까지. 아침이 되자 거리에는 차와 음악이 빼곡히 들어찼다. 100년은 된 벽돌로 쌓은 창고. 걸어두고 파는 옷들. 빗물 배수관 옆에 뭉개져 있는 담배 상자들. 인파는 날씨처럼 모습을 드러내고 움직였다. 자전거에 탄 사람이 쌩하니 지나갔다. 바큇살이 빨갛게 빛났다.

로버트

"저는 파렴치한 일이라 생각합니다." 로버트가 멈춰 서서 손가락 두 개를 세우고는 물레방아의 널처럼 가로로 살짝 굽혔다. "우리 고통을 핑계 삼아서 우리가 하는 파괴적인 행동을 정당화하는 일이 말이죠. 저는 침묵을 강요당한 채로 있지 않을 겁니다. 고통받는 것이 어떤 일인지 잘 알고 있기 때문입니다. 저항하는 일에 저는 겁먹지 않을 테지만요." 로버트는 잠시 멈췄다가 말을 이었다. "우리 과거를 파괴했던 온갖 끔찍한 일들에 마음이 흔들리지 않는다면, 미래를 향한 우리의 모든 노력은 불행한 끝을 맞이할 것입니다."

한 리포터가 말했다. "그건 한국인들이 이미 폐기하고 내다버린 생각이에요."

또 다른 리포터가 동조했다. "통일은 다 지나간 얘기입니다. 실현 가능한 선택지가 아니라고요."

멀리서 사람들 소리가 났다. 바깥에서는 제자리걸음을 하던 차들이 조금씩 줄어들었다. 부산은 밤 10시에도 자유롭게 움직였다. 기술자들이 대기하고 있었다. 발언자들이 날카로운 말을 주고받았다. 수습 리포터들과 기자들이 휴대폰으로 녹음을 했다. 다들 자리에서 일어나 무대 쪽으로 다가왔다.

"수많은 사망자가 생길 거란 말입니다." 세 번째 리포터가 말했다.

로버트의 신발은 바닥에 단단히 고정된 채였다. "국경을 유지하는 건 바로 우리입니다. 매일 우리가 그러길 선택하는 거지요. 우리가 이런 식으로 계속할 수 없다는 것은 사실입니다. 우리가 무덤덤해지기는 했지만, 그렇게 매일 죽어가고 있다고 저는 장담할 수 있습니다."

어린 시절 로버트는 제주도의 여성 유격대원들 이야기를 들었다. 뭍에서 경찰이 오자 말을 타고 달아나 마을 사람들을 은신처로 보낸 사람들. 나중에 유격대원 아홉에서 열 명 가량이 나무로 된 문간에 몸이 박혀 있었는데, 그 후로 어떻게 됐는지 소식을 들은 사람은 없다고 했다. 옥살이를 한 사람들 이야기도 들었다. 소변을 좀 오랫동안 보았다고 그게 다 신호를 주고받은 거라며 얻어맞았다고 했다. 불규칙적인 걸음걸이조차 서로 소통하는 방편이 되었다. 어떻게 그 사람들은 스스로에게서 모든 의미를 지워버릴 수 있었을까? 그렇지만 아무 의미 없는 세계가 진정한 의미를 잃어버린 세계만큼이나 그들을 타락시킬 수는 없었다.

로버트의 목소리가 강연장 높이 울려 퍼졌다. "한 가지 진실은, 바로 우리가 서로에게 상처를 입히는 능력이 곧 서로를 치료하는 능력과 맞먹는다는 것입니다."

관중은 믿지 못하겠다며 응수했다. 관중은 울분을, 분노를, 타도를 이야기했다. 관중은 로버트의 마지막 말을 기다렸다. 로버트는 폭로를 향해 강연을 쌓아나가고 있었다. 그러면서 사람들의 절망감을 느꼈다. 꼭 봄이 왔다는 걸 알려주는 꽃봉오리를 기다리는 사람들 같았다.

고함 소리가 그의 말을 끊었을 때, 로버트는 카메라에 들어온 붉은색 빛을 보았다. "우리는 국경을 치유해야만 합니다."

로버트가 몸을 돌려 발가락을 무대 중앙으로 향했다.

아주 짧은 순간, 무언가 잘못되었다는 사실을 감지한 듯했다. 경비병이 강연장 바깥으로 나가며 마이크를 끌어당겼다.

배지를 단 남자 두 명이 무대로 다가왔다. 아무런 말도 없었다. 그저 무대 양쪽에서 로버트를 기다릴 뿐이었다.

로버트는 두렵지 않았다.

컨벤션홀 출구가 막혔다. 연단은 휘청거리며 로버트에게서 멀어졌다. 로버트의 머리 꼭대기가, 머리카락의 검은 산사태가 나부끼는 모양만이 보일 따름이었다.

로버트는 천 개의 얼굴이 나오는 꿈을 떠올렸다. 로버트의 꿈들은 현실과 하나가 되었고, 그 삶들이 물방울처럼, 진주 목걸

이처럼, 묵주처럼 물을 뚫고 위로 솟아오르는 모습이 보였다. 어딘가에서는 그 얼굴들이 시계추처럼 흔들렸다. 어딘가에서는 그 얼굴들이 무너지거나 침묵에 잠겼다. 어딘가에서는 그 목소리들이 서까래 안으로 떠올랐다. 어딘가에서는 피가 솟구치며 진흙으로 스며들어 갔다. 어딘가에서는 불꽃이 가마솥을 데웠다. 제주도에 있는 어머니의 집이, 비원의 찻잔이, 슈퍼마켓의 하역장이, 어둑어둑한 당구장이, 부산 바닷가의 이름이, 당시에는 물이 더 차가웠던 1945년 어느 밤에 로버트의 어머니가 이르렀던 항구가. 이제는 그 얼굴들이 로버트의 꿈을 꾸고 로버트를 떠올렸으며, 로버트가 양복 안으로 손을 뻗어 강연장 전체가 볼 수 있도록 끄집어내는 모습을 지켜보았다.

차분히, 천천히, 로버트는 권총을 꺼내 들었다. 뒤쪽에서 외침 소리가 터져나왔다. 배지가 앞으로 빠르게 튀어나왔다. 로버트가 자신의 관자놀이를 겨누자 비명이 치솟았다. 그가 마지막으로 한 생각은 어떻게 하면 이렇게 손으로 살짝 건드리는 것만으로도 방아쇠를 당길 수 있을까 하는 것이었다.

인숙

그날 아침 초인종이 울렸고, 문을 여니 헨리가 임신한 젊은 여자와 함께 있었다. 여자는 고개를 꾸벅 숙이며 인사했고, 헨리도 뒤따라 인사했다. 밖은 청명해서 두 사람 뒤로 산들이 보였다. 퍼시픽 해안 고속도로를 타고 밤새 힘겹게 차를 몰고 온 후, 엔진이 퍼졌다. 헨리는 온다는 말도 얼마나 오래 머무르겠다는 말도 하지 않았고, 나도 묻지 않았다. 그렇지만 어쨌든 밴은 가게로 보내서 새 엔진이 도착할 때까지 맡겨놔야 했다. 헨리는 수영복 바지를 갈아입고 리클라이너에서 잠들었다. 제니는 식탁에 앉아서 접시 하나하나 바닥이 보이도록 싹싹 긁어먹었다. 나는 라면을 두 봉지 끓였고, 제니는 국물까지 싹 다 들이마셨다. 파전을 부쳐줬더니 제니는 여섯 장을 깨끗이 먹어치웠다. 그래서 반찬을 다시 담고 사기 냄비에서 전복죽을 퍼주고 비빔밥과 김치찌개를 차리고 깻잎을 얹은 쟁반막국수를 내왔다. 제니가 그릇을 핥다시피 해서 얼큰한 육개장에 달걀을 풀어주었다. 집으로 돌아온 성호는 쌓인 그릇을 보고는 못 믿겠다는 표정을 지었다. 제니를 먹이는 일은 내게 위안을 안겨주었다. 마치 내 심장이 숟가락 모양으로 변하는 것 같았다. 내가 다시 식탁으로 불러들인 건 아들이 아니라 젊은 여자였다. 그녀는 나를 향해 달려오며 환한 빛, 빛, 빛을 내뿜었다.

IV

마지막 개체

2010~2014

15

성호
2010년, 터코마

성호는 터코마 시내에서 운영하는 임대 세탁소에서 스물일곱 먹은 아들이 시애틀에 있는 사무직 자리에 대한 회신을 받았다는 소식을 들었다. 그쪽에서는 컴퓨터로 얌전히 타이핑을 할 사람을 찾고 있었다. 양복을 입고 간다면 아들이 성실한 사람이라는 걸 알아볼 터였다. 함께 일하던 제니가 그날 밤은 자기가 가게를 마감하고 가겠다며 성호를 안심시켰다. 세탁소는 약 90제곱미터 정도로, 대학 캠퍼스 근방의 작은 벽돌 건물을 골동품 가게와 나누어 쓰고 있었다. 제니는 아무 일도 하지 않는 부류가 아니었다. 온라인으로 학위 과정을 마치고 접수대에서 성호 일을 돕고 있었다. 워낙에 조심성이 많은 성품이라 성호와 인숙, 헨리와 하루 사이에 걸린 줄 위에 드리운 거미줄을 한 번도 망가뜨리는 법 없이 그 사이로 잘 지나가곤 했다.

성호 역시 헨리의 앞날은 걱정해도 제니는 그리 걱정하지 않았다. 성호는 제니에게 열쇠를 맡겨두고는 서둘러 집으로 가 직접 다린 남색 바지와 흰색 셔츠를 헨리에게 입혔다. 그리고 자기 남색 넥타이를 하고 가라고 권했는데, 헨리가 넥타이를 매겠다던 생각을 바꾸자 성호도 아들 생각대로 하자고 마음먹었다. 성호가 차로 바래다주겠다고 고집을 부렸지만 헨리가 끝까지 거절했고, 둘은 버스 정류장까지 걸어갔다. 헨리에게 뭐가 필요한지 감을 잡을 수가 없었다. 성호는 아들의 모습을 바라보며 양복을 입으니 키가 더 커 보인다며 실없는 농담을 던졌다. "내가 한 가지 배운 게 뭐냐면, 인생의 단계마다 옷이 너를 맞이하러 온다는 거야." 느슨하게 주름이 잡힌 비닐 슈트 커버에 불어대는 정류장 환풍기 소리가 귀에 들렸다. 배내옷. 교복. 결혼식 예복. 와이셔츠. 검은 상복. "옷은 네가 어디로 가는지 확신하게 해주는 법이거든."

아내가 이제 막 아홉 살이 된 하루와 함께 바닷가에서 바쁜 시간을 보내는 것이 성호에게 회한을 불러일으켰다. 헨리는 성호의 아버지가 사라졌을 때와 엇비슷한 나이가 되었다. 성호는 헨리한테서 자기 아버지의 흔적을 보았다. 헨리는 자기만의 특징인 것처럼 머리를 헝클어뜨린 채로 다니거나 셔츠를 바지 밖으로 빼놓았다. 길 위에서 목련 잎사귀를 주워서는 꼭 카드처럼 들고 부채질을 하기도 했다. 마치 매 순간 자기 앞에 놓인 길을 고르기라도 하는 것처럼. 성호는 무언가 잘못되었다는 느낌을 받았지만, 헨리는 그게 무엇인지 말하지 않으려 했다. 그저 헨리는 자기가 해야 하는 일을 했다고만 말했다. 그 목소리에 담긴 슬픔이 성호에게는 위협적으로 느껴졌다. 그래서 아들에게, 너도 신념이 있겠지만 그래도 일상생활이라는 부드러운 중심을 받아들인다면 흔들리는 일 없이 인간으로서 느끼는 구체적이고 현실적인 기쁨으로 나아갈 수 있을 거라고 말해주었다.

헨리가 버스를 타고 도시로 나간 뒤, 성호는 2층으로 올라가 아들의 침실을 찾았다. 하루가 혼자 자는 것을 너무 싫어해서 제니와 하루는 복도 맞은편에 있는 더 큰 방을 함께 썼다. 가족과 같이 지내며 헨리는 최근 몇 년간 시간이 얼마나 빠르게 흘러가는지 가늠하지도 못했다. 성호는 차로 마중 나가서 헨리를 집으로 데려올까 생각했지만, 건물 밖에서 아버지를 보면 아들이 당혹스러워할지도 몰랐다. 보통은 인숙이 헨리를 걱정했을 텐데, 인숙은 제니를 더 신경 쓰는 것 같았다. 제니에게 밥을 해주겠다며 몇 시간씩 요리를 하는 것도 인숙에게는 처음 있는 일이었다. 성호는 침대를 정리하려고 하다가 헨리가 벌써 침대를 정리했다는 사실을 깨달았다. 이불을 꼭 병원 시트처럼 개켜 놓았다. 평범한 모습이었지만, 헨리를 생각하면 이례적인 일이었다. 성호가 아들에게서 기대할 법한 일이었지만, 헨리에게서 기대했던 것은 아니었다. 성호는 키보드로 타자를 치듯이 갑자기 떠났던, 그 뒤로 계속 귓속에서 맴도는 자신의 아버지를 떠올렸다.

입구에 기대어 세워둔 헨리의 자전거가 눈에 띄었다. 성호는 지금 50대에 접어들었고, 마지막으로 자전거를 탔던 게 언제인지 기억도 나지 않았다. 대전에서 대학을 다니던 시절이었겠거니 짐작할 뿐이었다. 성호는 자전거를 타고 큰길을 따라 달렸다. 페달을 되는 대로 내버려두니 철제 프레임이 덜덜거렸다. 성호는 신이 나서 계속 몸이 흔들리도록 놔두었다. 다리가 길바닥에 닿으면 차올렸다. 크랭크가 돌고 바퀴가 굴러갔다. 성호는 다시 젊어졌다. 성호의 젊음은 깃대 위에서 펄럭이는 깃발이었다. 자전거가 나아가는 길을 따라가면 어떤 삶이 펼쳐질지 상상해볼 수 있었다. 이렇게 시간이 지나고 나니, 아버지가 스스로를 찾아 헤맸으리라는 것을 알 수 있었다. 성호는 손잡이를 붙잡고 느슨하게 모퉁이를 돌며 뒤에다 선을 남겼다. 눈이 반사경을 좇았다. 그러고는 덤불이 높이 자란 길 위로 박차를 가했다. 성호는 한 손으로 풀을 가르고 들판 끄트머리에 있는 물을 선명히 눈에 담았다. 황혼은 선명한 색이 담긴 바지를 입고 있었다. 빨간색, 주황색, 파란색, 보라색.

밖은 어두웠다. 헨리가 돌아오는 기척은 전혀 들리지 않았다.

인숙은 헨리가 집에 오면 주려고 끓여둔 찌개 냄비를 저었다. 그러면서도 위층에서 제니와 하루가 책을 읽는 소리에 민감하게 반응하는 듯했다. 소리가 들릴 때면 인숙의 귀는 꼭 돌돌 말려 있던 어린잎이 쭉 뻗어가며 길게 갈라진 큰 잎사귀로 변하는 것만 같았다. 인숙은 헨리가 밥을 먹고 들어오는 거면 괜히 음식을 차리는 것 같다며 걱정했고, 성호는 제니와 하루가 배고플 테니 괜찮다며 인숙을 안심시켰다. 성호는 면접에 관해서 너무 많이 물어보지 말라고 인숙에게 일러두기도 했다. "우리도 결과가 안 좋다고 해서 헨리 맘을 상하게 하고 싶진 않잖아." 그리고 처음에 한 말을 인숙이 못 들었을까 봐 다시 한 번 덧붙였다. "헨리가 기쁠 때는 우리가 두 배로 기쁘게 해줄 수 있고. 헨리가 슬플 때는 우리가 슬픔을 절반으로 줄여줄 수 있으니까."

성호는 현관 등을 켰다. 인숙은 헨리도 자기가 알아서 할 테니 기다리자고 했다. 제니와 하루는 찌개가 식기 전에 다 먹었다.

두 시간이 지났다. 성호는 찻길을 따라 걸었다. 가로등은 빛으로 보금자리를 틀며 서 있었다. 성호는 헨리가 보일까 싶어 더 먼 곳까지 돌아보았다. 모퉁이에는 아무도 없었다.

성호는 시내에 있는 사무실에 전화를 했다. 한밤중이라 아무도 받지 않았다. 그래서 헨리를 찾는다는 메시지를 남겨두었다. 그날 오후에 찾아갔을 사람을 찾는다고 말이다. 성호는 아침 6시에 다시 전화를 걸었다. 6시 30분, 젊은 남자가 전화를 받더니 잠시 기다리라고 말했다. 젊은 남자가 다시 전화를 드니 덜

개 아래에서 째깍거리는 시계 소리처럼 반복적인 키보드 치는 소리와 마우스 클릭 소리가 들렸다. 그러고는 젊은 남자가 지원자를 기억해냈다. 헨리는 면접 자리에 나타나지 않았다.

*

성호는 길을 따라 2킬로미터 가까이 달려 버스 정류장으로 갔다. 길가에 빛나는 검은색 쓰레기봉투가 늘어서 있었다. 지금껏 성호는 자기 아버지의 실수는 과거에 남아 있는 줄로만 알았다. 헨리가 이곳에 머물 만큼 바닥에 편히 두 발을 디딜 수 없었던 것이 성호 자신의 잘못이었을까? 아들 말고 대체 누가 또 자기 아버지를 버릴 수 있단 말인가? 제니와 하루는 어째서 헨리가 사라진 일을 두고 성호를 질책하지 않을 수 있을까? 성호는 버스 정류장을 떠나 언덕배기에 주차를 해두고 바닷가로 걸어갔다.

모래 위로 발을 디디니 성호 안에 묻혀 있던 것이 떠올랐다. 헨리가 바다에 몸을 던졌을 수도 있다.

성호는 옷을 입은 채 물로 뛰어들었다.

물살을 헤치고 걸으며 파도를 정면으로 맞았다. 물을 삼키며 헤엄을 쳤다. 날개인지 나뭇가지인지 모르겠지만 무언가가 분명히 느껴졌다. 성호는 여러 겹의 회색 층 속으로 머리부터 먼저 뛰어들었다. 물속에서 눈이 따끔거렸다. 누군가는 분명 헨리를 보았을 것이다.

성호가 물 위로 올라오자, 인숙이 꼭 빛의 기둥처럼 바닷가를 갈랐다. 인숙은 성호를 움켜잡고 거센 물살에서 끄집어내서는 세월로 쌓아온 힘으로 그를 해변에 내동댕이쳤다.

아무것도 들리지 않았다. 그러다 인숙이 소리쳤다. "거기 없어. 헨리는 그런 데 없다고."

줄에 묶인 배가 선착장을 치듯이 성호의 심장이 뛰며 가슴을 쳤다. "어떻게 알아?"

인숙이 말했다. "내 아들인데, 조금은 알지. 헨리는 우리랑 다르거든."

이 말에 성호는 마음이 편해졌고, 인숙은 성호의 옷에서 물을 짜냈다.

인숙은 몰고 온 차에 성호를 태워 집으로 갔다. 성호를 씻기고 성호의 옷을 말렸다. 인숙은 주름이 잡힌 성호의 손끝을 눌렀다. 헨리는 두 번 다시 돌아오지 않을 수도 있다. 어떤 예감에 성호는 그만 놀라고 말았다. 자기 아버지도 자기 아들도 환한 대낮에 아무 말 없이 떠나버렸다는 것 말이다. 이 사실은 성호에게 과연 자신이 어떤 아들이었고 또 어떤 아버지였는지에 대한 질문을 남겼다. 그 둘이 드리우는 그림자는 세월보다도 길었다.

성호는 나이가 들어가는 자신을 아들이 보살펴주었으면 했다. 아들이 옷을 다려서 입혀주었으면 했다. 아들이 성호가 성가시다며 불평하길 바랐다. 아버지가 되고 나면 아들에게로 돌아가는 것이 자연스러운 일이었다. 아버지 제하에게 사람이 되고 나서 건물로 돌아가는 것이 그랬듯이. 성호가 물었다. "헨리가 제 아비 마음을 알긴 할까?" 인숙이 성호의 목과 얼굴에 손을 얹었다. 인숙의 엄지손가락은 성호의 아랫입술 끄트머리에 놓여 있었다.

*

마닷가를 찾아다니고서 이틀 뒤, 성호가 차도에 서 있는데 언덕 너머로 제니와 하루가 폴짝거리며 뛰어왔다. 둘 사이에 헨리가 있었다. 아들의 말을 알아듣기는 어려웠지만, 따스한 어조는 익숙했다. 성호는 멀리서 그 모습을 조용히 지켜보았다. 제니와 하루의 웃음소리가 귀에 닿자, 성호는 제니가 한 번도 헨리가 사라질까 봐 두려워하지 않았다는 사실을 깨달았다. 하루는 금관화와 백합을 엮은 꽃다발을 들고 있었다. 성호는 마치 아버지 제하가 길을 따라서 반지하 셋방에 있는 자신과 자신의 어머니에게로 돌아오는 모습이라도 본 것 같아 경탄했다. 셔츠를 머리에 두르고 주름진 바지는 발목까지 접어올린 채로 씩 웃음을 지으면서 금방이라도 날아오를 것처럼 팔을 퍼덕이고 무릎을 점점 더 높게 차올리는 아버지의 모습을 말이다. 그렇지만 헨리는 그렇게 하지 않았다. 헨리는 제하가 아니었으니까, 성호의 아들은 머무를 터였고 그 아이는 아버지였으니까.

16

인숙
2014년, 터코마

아침나절에는 헐벗은 오디나무에 새 여든, 아흔 마리가 앉아 있더니, 정오 무렵이 되자 모두 하나의 어두운 그물처럼 움직이며 멀리 떨어진 다른 나무를 움켜잡으러 갔다. 면접 일이 있은 뒤, 헨리는 제니와 하루가 쓰는 방에 요를 깔고 함께 자게 되었고 복도 맞은편 방은 비워두었다. 이 방 창문이 가장 널찍해서 들꽃으로 덮인 언덕이 근사하게 보였다. 이 방을 탐내는 사람은 없었다. 한때 후란이 방 때문에 소란을 피웠던 것이 합리적으로 느껴질 정도였다. 부엌에서 성호가 물었다. "애들이 언제쯤 밥을 먹으려나?" 다들 위층에서 잠에 빠져 있었으므로 성호는 조용히 말했다. "얼른 장 보고 올까?"

내가 대답했다. "나는 여기 있는 게 낫겠어. 당신이 빨리 갔다와."

"하루가 아직 맥주 달라는 소리를 안 하는 게 놀랍다니까."

나는 성호를 문밖으로 밀어 보냈다. "하루는 거의 당신만큼 먹잖아." 그러자 즐거운 기분이 들었다. "하루 기저귀, 되게 무겁지 않았어?"

"당신, 나한테는 이렇게 음식 차려준 적 없잖아. 내가 배고프다고 하면 알아서 챙겨 먹으라고 그랬으면서."

"어휴, 아저씨가 징징거리는 소리 애들이 듣기 전에 얼른 다녀오시고요."

제니는 처음 찾아왔을 때처럼 편안하게 머물렀다. 아이들이 도착하고 얼마 안 되어 나는 성호더러 새 엔진을 단 제니의 승합차를 차고에나 세워두라고 했다. 아이들과 함께 살면서 처음 10년 동안, 매일 아침 나는 하루를 바닷가로 데리고 가서 제니가 쉴 수 있게 해주었다. 제니가 아래층으로 내려올 때면 부엌 조리대에서 커피를 타주었다. 제니는 집을 나서서 성호가 있는 세탁소로 가고는 했다. 그 시간쯤 되면 헨리가 일어나서는 일을 구하러 다녔다. 그러다 성호가 제안해서 야생동물 보호구역에서 일을 시작했다. 헨리는 깃털, 털, 비늘을 집으로 가지고 왔다. 하루는 평일에 학교가 끝나면 자원봉사를 하러 갔다. 하루는 맥을 좋아했다. 아기 코끼리와 멧돼지를 섞은 것 같다고 이야기했다.

제니, 하루, 헨리가 함께 쓰는 방은 더 컸고, 그 방에서는 바닷가와 꼭 가을이 한창일 때처럼 길 위로 낮게 휘어진 창백한 은빛 나무들이 보였다. 바람에 마르는 옷 냄새도 맡을 수 있었다. 짙은 보라색과 회색이 하늘을 뒤덮었다. 성호가 장을 보고 돌아와서는 방을 들여다보려고 했지만, 내가 찰싹 때려서 쫓아보냈다. 제니는 내게 아무것도 기대하지 않고 찾아왔는지 모른다. 그렇지만 문 앞에 제니가 모습을 나타냈을 때, 나는 내가 이제껏 살 곳을 준비해온 까닭은 내 아들을 위해서가 아니라 제니와 하루를 위해서라는 사실을 깨달았다. 그 애들의 깨끗한 향이 방 안을 채웠다. 창에서 나오는 그물 같은 빛이 둘을 붙잡았다. 제니와 하루는 죽은 물고기처럼 포개져서 잠을 잤다.

*

텔레비전에서 뉴스를 본 것은 4월 중순이었다. 세월호가 인천에서 제주도로 가는 길에 침몰한 것이다. 배는 과적 상태였다. 화물을 제대로 고정해두지도 않았다. 배에 타고 있던 443명 가운데 325명이 고등학생이었다. 배가 뒤집히고 객실로 물이 흘러들어오자, 안내 방송에서는 가만히 있으라고 했다. 학생들은 순순히 따랐다. 그렇지만 승무원들은 달아났다. 선장은 속옷 바람으로 배를 버렸다. 배에서 찍힌 영상이 복구되어 방송에 나왔다. 얼굴은 모자이크 처리를 하고 목소리는 변조했다. 불안해하면서도 들뜬 목소리가 1초 남짓 들렸다. 누군가가 말했다. "우리도 유명해지는 거 아니야? 타이태닉처럼?"

성호는 서둘러 하루를 방으로 데리고 갔고, 하루는 방에서 성호에게 이것저것 물었다. 헨리는 고개를 저으며 밖으로 나갔다.

제니는 아플 정도로 손가락을 꼬았다. 저렇게 끔찍한 것은 한 번도 본 적 없겠지. 나는 제니를 흔들고 어깨 가득 제니를 꽉 끌어안았다. 학생들이 왜 뛰어내리지 않았느냐며 하루가 묻는 소리가 들렸다. 우리는 저마다 답을 찾아보았다. 칠흑 같은 어둠 속에서 무슨 일이 벌어졌을까? 물속에서 아이들은 어디로 갈 수 있었을까? 성호가 말했다. "가라앉는 배에 타고 있을 때는 아무도 믿으면 안 돼. 다른 사람 말은 절대 듣지 마."

배의 한쪽부터 시작해 객실이 차례대로 가라앉는 모습은 나라가 가라앉는 모습 같았다. 구조를 하러 간 잠수부가 증언했다. "이제 어떤 재난이 닥쳐와도 국민의 도움을 구하지 말고 정부가 알아서 하십시오." 헨리가 돌아왔고, 딱딱하게 굳은 채 위층 방으로 걸어 올라갔다. 나는 어느 자리에 있든, 설령 고통받고 죽는 상황에서도 삶에 의미를 부여하는 많은 것들에 관해 제니에게 이야기했다. 제니는 한숨을 쉬었다. 고개를 젖히고 내 이야기를 들었다. 나는 어떤 상황에서든 희망을 적으로 돌려서는 안 된다고, 스스로를 비참하게 만들거나 실망해서는 안 된다고 말했다. 태양은 잔해와 물 위는 물론이고 세상 모든 이와 모든 곳에 여전히 빛을 비춰주기 때문에.

*

밤에 제니와 나란히 서서 머리 위로 전등을 켜두고 설거지를 하는데 4월의 바람에 창문이 덜커덕거렸다. 구름이 달을 뿌옇게 가렸다. 제니와 나는 제법 가까이 서 있었던지라, 아이를 낳은 제니의 엉덩이 선이 어떻게 달라졌는지 알아볼 수 있었다. 꼭 파도가 제니를 모래처럼 다듬은 것 같았다.

나는 제니가 넘겨주는 접시를 받으며 후란 이야기를 꺼냈다. "내가 너처럼 굴었어야 했는지도 모르겠다." 내가 말했다. "너는 나를 내 아들한테 더 가까이 데려가줬거든."

"어머님이 혼자 모든 짐을 다 짊어지고 지내셨다는 거 알아요. 어머님은 만만한 분이 아니신걸요." 제니가 나를 놀렸다.

우리는 맘 편히 웃음을 터뜨렸다. "내 얘기를 하는 게 아니잖니. 나는 좀 달랐어, 제니 너도 알겠지만."

제니는 손가락으로 내게 물을 튀겼다.

부엌에서 그러는 동안 나는 멍하니 있느라 제대로 보지 못했다. 건조대에서 미끄러져 떨어지는 접시를 놓치는 바람에, 접시가 바닥에 떨어져 깨졌다. 잠시 멎어 있던 순간, 나는 접시가 둥그런 빛처럼 내 눈앞에서 떨어지는 모습을 보았다. 나를 여기로 데려다 놓은 바로 그 삶의 힘처럼 말이다.

제니는 은빛 조각을 집어 들어 쓰레기통에 넣었다. "깨끗하게 딱 쪼개졌어요. 운이 좋았어요." 그러고는 우리 발 근방을 쓸고 닦았다. "괜찮으세요?"

발뒤꿈치에 있는 메마른 금을 보니 내 발이 내 발 같지가 않았다. 이 발도 우리 어머니의 발 정도 나이가 되었을 것이다. 나는 제니에게 고개를 끄덕였고, 내가 이 순간을 위해 얼마나 예행연습을 해왔는지를 떠올렸다. "나는 엄마가 될 준비가 된 것 같구나." 내가 제니에게 말했다.

"잘됐네요." 제니가 말했다. "저는 좀 지쳤는데."

이번에는 내가 물을 튀겼다. "끝나려면 멀었어. 엄마의 심장은 여러 번 접혀야 한다니까."

제니가 활짝 웃으며 말했다. "절 오리가미*라고 불러주세요."

"아니지. 종이접기."

제니는 고개를 젖혔다. "맞아요, 바로 그거요!"

"그나저나, 우리 아들이랑 자는 건 어땠니?" 나는 제니를 쳐다보며 진지한 목소리로 물었다.

"글쎄요." 제니는 나를 보고는 눈썹을 으쓱했다. "수영하러 가는 것 같았어요." 우리는 웃음을 터뜨리며 키득댔다.

손을 닦은 다음, 옷장에 넣어둔 보따리에서 어머니의 초록색 한복을 꺼냈다.

그날 밤 거실에서 나는 제니에게 그 옷을 입혔다. 빙빙 돌려가며 끈을 묶었다. 후란은 내게 옷을 입힐 때 끈을 꽉 묶었는데, 그래서 나는 끈을 느슨하게 묶어주었다. "그동안 이 한복이 얼마나 아름다운지 몰랐어." 내가 뒤로 물러서며 말했다. "그런데

─────────────

* 일본어로 '종이접기'라는 뜻. 미국에서는 종이를 접어 모양을 만드는 기술을 통칭하는 말로 쓰인다.

네가 입은 걸 보니까 알겠다."

모두들 거실로 오라고 불렀다. 성호와 헨리는 남는 방을 하루가 쓸 수 있도록 천장에 채광창을 만들고 손보던 참이었다. 하루는 밧줄로 샌들을 엮고 있었다.

"정말요?" 제니가 숨을 내쉬자 어깨가 살짝 처졌다. "아름다워요."

"네 거란다." 내가 말했다. "쭉 그래왔어."

하루가 계단을 내려와 제 어머니의 품에 안겼다. 아이는 한복을 보고 꺄르륵 소리를 질렀고, 그 뒤를 따라 내려온 성호와 헨리가 제니를 보며 활짝 웃었다. 제니는 둘을 향해 빙 돌아 보였다. 한복 치마의 맨 윗단이 반짝였다. 화사한 모습에 들뜬 제니는 앞으로 걸어나가 구슬이 찰랑이는 상들리에 아래에 섰다. 나는 감탄하며 제니를 바라보았다. 우리 모두 그랬다. 오래전 나와 어머니에게 그랬던 것처럼 저고리와 치마가 제니를 사랑스럽게 감싸는 모습을 하물며 후란도 볼 수 있었을 것이다. 천은 제니의 상체를 부드럽게 덮으며 몸을 따라 바닥까지 고르게 늘어졌다. 옷고름이 아래로 떨어지며 새로운 푸른 길을 냈다.

감사의 말

어떤 면에서 보면 나는 이 책보다 감사의 말을 먼저 시작했던 셈이다. 보상과 애정 어린 인식을 위해 노력했던 이들의 삶이 없었다면 이 책만이 아니라 나도 존재할 수 없었으리라는 깨달음을 은연중에 품고 있었으니까. 나의 첫 독자인 엘리엇 스티븐스는 연약한 껍질을 깨고 불현듯 튀어나올 무언가를 위해 책장을 붙들어주었다. 케이트 매킨은 부드럽게 내 등을 떠밀며 회고록에 뒤이은 이야기들을 열어주었다. 메이시 코크런은 빛과 어둠을 통해 이 책의 여러 생명을 품어주었다. 윈 매코맥, 크레이그 포플러스, 낸시 매클로스키, 베키 크레머, 베스 스타이들, 그리고 틴하우스 출판사의 모든 이에게 고맙다는 말을 전한다. 나는 역사의 맨얼굴을 과감히 바라본 작가, 예술가, 학자 들 덕분에 이 책을 쓸 수 있었다. 최돈미, 숀 웡, 폴 리시키, 크리스 리, 로언 히사요 뷰캐넌, 매튜 살레세스, 타야리 존스, 마시 컬래브레타 칸시오벨로, 크리스털 하나 김, 에밀리 정민 윤, 데이비드 크롤리코스키, 한요셉, 그렉 노벰버, 에드 박, 한지민, 허장

욱, 에스더 라, 엘리자베스 로스너, 그리고 벨 훅스가 이야기한 이상―사랑이 없다면 억압과 착취에서 우리 자신과 전 세계 공동체를 해방하려는 노력은 실패할 수밖에 없다는 이상―을 몸소 체현하고 있는 수많은 다른 사람들 덕분에. 이 책이 탄생할 수 있도록 해준 이들에게 감사한다. 언어라고 하는 것, 그리고 언어가 해낼 수 있는 것들은 마법이 존재한다는 증거다. 매일 아침 눈을 뜨기 전 나는 애덤과 릴리의 발소리, 아리의 장난감 소리, 그리고 〈영원토록 기다릴 수 있을 것 같아〉를 듣는다. 내가 마음속 가장 깊은 곳에 품은 희망은 설령 우리가 실패하더라도 전쟁을 일으키는 것만큼 어마어마하게 실패할 수는 없다는 사실을, 그리고 해가 떠오르고 세상이 돌아가듯이 우리 인간에게는 틀림없이 다시 시도해볼 수 있는 기회가 있다는 사실을 이해할 수 있으리라는 것이다.

옮긴이 장한라

서울대학교에서 인류학과 불어불문학을 전공하고, 같은 대학교 대학원에서 인류학 석사 과정을 수료했다. 옮긴 책으로『세계를 움직인 열 가지 프레임』『전쟁이 나고 말았다』『동물들의 위대한 법정』『에데나의 세계』『나는 여자고, 이건 내 몸입니다』『우리가 살에 관해 말하지 않는 것들』등이 있고, 지은 책으로『열두 달 초록의 말들』『게을러도 괜찮아』(공저)『너와 나의 야자 시간』(공저)가 있다.

해방자들

초판 발행	2024년 8월 27일

지은이	고은지
옮긴이	장한라
펴낸이	김정순
책임 편집	허정은
편집	박신양
디자인	이강효
표지 일러스트	베스 스티들
마케팅	이보민 양혜림 손아영

펴낸곳	(주)엘리
출판등록	2019년 12월 16일 (제2019-000325호)
주소	04043 서울특별시 마포구 양화로 12길 16-9(서교동 북앤빌딩)

✉	ellelit.book@gmail.com
ⓞ	ellelit2020
전화	02 3144 3123
팩스	02 3144 3121

ISBN 979-11-91247-49-7 03840